GRöLS Verlage

„Bücher sind wie Fallschirme. Sie nützen uns nichts, wenn wir sie nicht öffnen.“

Gröls Verlag

Redaktionelle Hinweise und Impressum

Das vorliegende Werk wurde zugunsten der Authentizität sehr zurückhaltend bearbeitet. So wurden etwa ursprüngliche Rechtschreibfehler regelmäßig *nicht* behoben, denn kleine Unvollkommenheiten machen das Buch – wie im Übrigen den Menschen – erst authentisch. Mitunter wurden jedoch zum Beispiel Absätze behutsam neu getrennt, um den Lesefluss zu erleichtern.

Um die Texte zu rekonstruieren, werden antiquarische Bücher von Lesegeräten gescannt und dann durch eine Software lesbar gemacht. Der so entstandene Text wird von Menschen gegengelesen und korrigiert – hierbei treten auch Fehler auf. Wenn Sie ebenfalls antiquarische Texte einreichen möchten, finden Sie weitere Informationen auf www.groels.de

Viel Freude bei der Lektüre wünscht Ihnen das Team des Gröls-Verlags.

Adressen

Verleger: Hermann-Josef Gröls,

Im Borngrund 26, 61440 Oberursel

Externer Dienstleister für Distribution & Herstellung:

BoD, In de Tarpen 42, 22848 Norderstedt

Unsere „Edition | Werke der Weltliteratur“ hat den Anspruch, eine der größten und vollständigsten Sammlungen klassischer Literatur in deutscher Sprache zu werden. Nach und nach versammeln wir hier nicht nur die „üblichen Verdächtigen“ von Goethe bis Schiller, sondern auch Kleinode der vergangenen Jahrhunderte, die – zu Unrecht – drohen, in Vergessenheit zu geraten. Wir kultivieren und kuratieren damit einen der wertvollsten Bereiche der abendländischen Kultur. Kleine Auswahl:

Francis Bacon • Neues Organon • **Balzac** • Glanz und Elend der Kurtisanen • **Joachim H. Campe** • Robinson der Jüngere • **Dante Alighieri** • Die Göttliche Komödie • **Daniel Defoe** • Robinson Crusoe • **Charles Dickens** • Oliver Twist • **Denis Diderot** • Jacques der Fatalist • **Fjodor Dostojewski** • Schuld und Sühne • **Arthur Conan Doyle** • Der Hund von Baskerville • **Marie von Ebner-Eschenbach** • Das Gemeindekind • **Elisabeth von Österreich** • Das Poetische Tagebuch • **Friedrich Engels** • Die Lage der arbeitenden Klasse • **Ludwig Feuerbach** • Das Wesen des Christentums • **Johann G. Fichte** • Reden an die deutsche Nation • **Fitzgerald** • Zärtlich ist die Nacht • **Flaubert** • Madame Bovary • **Gorch Fock** • Seefahrt ist not! • **Theodor Fontane** • Effi Briest • **Robert Musil** • Über die Dummheit • **Edgar Wallace** • Der Frosch mit der Maske • **Jakob Wassermann** • Der Fall Maurizius • **Oscar Wilde** • Das Bildnis des Dorian Grey • **Émile Zola** • Germinal • **Stefan Zweig** • Schachnovelle • **Hugo von Hofmannsthal** • Der Tor und der Tod • **Anton Tschechow** • Ein Heiratsantrag • **Arthur Schnitzler** • Reigen • **Friedrich Schiller** • Kabale und Liebe • **Nicolo Machiavelli** • Der Fürst • **Gotthold E. Lessing** • Nathan der Weise • **Augustinus** • Die Bekenntnisse des heiligen Augustinus • **Marcus Aurelius** • Selbstbetrachtungen • **Charles Baudelaire** • Die Blumen des Bösen • **Harriett Stowe** • Onkel Toms Hütte • **Walter Benjamin** • Deutsche Menschen • **Hugo Bettauer** • Die Stadt ohne Juden • **Lewis Caroll** • *und viele mehr….*

Inhalt

Das Ende vom Lied

Joseph Conrad

I

Noch lange, nachdem der Dampfer *Sofala* Kurs auf das Land zu genommen hatte, war die morastige Küste als ein dunkler Rauchstreifen hinter dem Band aus Schaum erschienen. Es war, als ob Sonnenstrahlen mit größter Gewalt auf die ruhige See fielen, als ob sie auf der Oberfläche in glitzernden Dunst zerstäubten, in ein fast greifbares Licht, das das Auge blendete und das Hirn mit seinem grellen Flackern ermüdete.

Kapitän Whalley sah nicht auf die See. Als sein Serang sich dem geräumigen Rohrstuhl, den der Kapitän wuchtig ausfüllte, genähert und mit leiser Stimme gemeldet hatte, daß der Kurs umgesteuert werden müsse, da war Kapitän Whalley sofort aufgestanden und, das Gesicht geradeaus gerichtet, stehengeblieben, während das Vorderende seines Schiffes einen Viertelkreisbogen beschrieb. Er hatte kein einziges Wort ausgesprochen, hatte nicht einmal den Befehl gegeben, das Ruder zu stützen. Es war der Serang, ein ältlicher, flinker, kleiner Malaie mit sehr dunkler Haut, der murmelnd dem Steuermann den Befehl gab. Und dann setzte sich Kapitän Whalley langsam wieder in den Armstuhl auf der Brücke und sah starr auf das Deck zu seinen Füßen.

Er konnte nicht hoffen, in diesen Gewässern etwas Neues zu sehen. Er hatte während der letzten drei Jahre immer die gleichen Küsten befahren; von Low Cape nach Malantan waren es fünfzig Meilen, sechs Stunden Fahrt für das alte Schiff mit der Flut, oder sieben dagegen. Dann steuerte man das Land an, und allmählich erschienen dann drei Palmen am Himmel, hoch und schmächtig, die flatterigen Köpfe zusammengesteckt, wie zu einem heimlichen Klatsch über die dunklen Mangroven. Die *Sofala* hielt auf den dunklen Küstenstreifen zu, der in einem gegebenen Augenblick, wenn das Schiff nahe genug heran war, verschiedene leuchtende Einbuchtungen aufwies – die Mündung eines hochgehenden Flusses. Dann arbeitete sich die *Sofala* stromaufwärts durch eine braune Flüssigkeit, drei Teile Wasser und ein Teil schwarze Erde, zwischen niedrigen Ufern hin, drei Teile schwarze Erde und ein Teil Brackwasser, wie sie es einmal in jedem Monat, durch sieben Jahre hindurch oder noch länger getan hatte, lange bevor Kapitän Whalley von ihrem Dasein gewußt, lange bevor er daran gedacht hatte, er könnte jemals etwas mit ihr und ihren unabänderlichen Reisen zu tun haben. Das alte Schiff hätte den Weg besser kennen müssen als die Besatzung, die nicht so lange Zeit ohne Veränderung dabeigeblieben war; besser auch als der treue Serang, den Whalley von seinem letzten Schiff mitgebracht hatte, um die Kapitänswache zu halten; besser als Whalley selbst, der ja erst seit drei Jahren befehligte. Man konnte sich immer auf die *Sofala* verlassen, daß sie ihre Fahrten machen würde. Ihre Kompasse wurden kaum gebraucht. Es machte durchaus keine Mühe, sie herumzuführen; es schien, als hätte ihr ihr hohes Alter Erkenntnis, Weisheit und Ruhe beschert. Sie kam auf einen Grad der Peilung genau in Sicht des Landes, und fast auf die Minute pünktlich nach dem Fahrplan. Kapitän Whalley konnte in jedem Augenblick, während er, ohne aufzusehen, auf der Brücke saß oder schlaflos in seinem Bett lag, sagen, wo er sich befand, und den genauen Standort angeben, indem er einfach die Tage und Stunden nachzählte. Auch er kannte sie gut, diese ewig gleichbleibende Hausierertour, die Meerengen hinauf und herunter. Er kannte die Reihenfolge, die Aussichten und das Land. Als erstes Malakka, bei Tageslicht hinein, in der Dämmerung heraus, um dann, ein steifes, phosphoreszierendes Kielwasser hinter sich, diese Hauptstraße des Fernen Ostens zu überqueren. Dunkelheit und ein Leuchten da und dort über den Wassern, helle Sterne an einem schwarzen Himmel, vielleicht noch die Lichter eines heimwärtsfahrenden Dampfers, der gerade in der Mitte seinen festen Kurs steuerte, oder auch der undeutliche Schatten eines Eingeborenenfahrzeuges, das unter Mattensegeln vorbeiflitzte –

und bei Tageslicht das niedrige Land auf der andern Seite in Sicht. Um Mittag die drei Palmen des nächsten Anlegeplatzes, am Oberlauf eines trägen Flusses. Der einzige Weiße, der dort hauste, war ein junger Seemann im Ruhestand, mit dem sich Whalley im Laufe vieler Reisen angefreundet hatte. Sechzig Meilen weiter war wieder ein Anlegeplatz, eine tiefe Bai, an deren Ufer nur ein paar Häuser standen. Und so weiter, hinein und heraus, wobei man der Küste entlang etwas Ladung einnahm; das Ende bildete eine ununterbrochene Fahrt von etwa hundert Meilen durch ein Gewimmel kleiner Inselchen, bis zu einer großen Eingeborenenstadt am Ende des Kurses. Dort gab es dann drei Tage Rast für das alte Schiff, vor dem Aufbruch in entgegengesetzter Richtung, wobei man dann dieselben Ufer in umgekehrter Reihenfolge sah, dieselben Stimmen an denselben Orten hörte; bis zum Heimathafen der *Sofala*, an der großen Hauptstraße zum Osten, wo Kapitän Whalley dann fast gegenüber den großen Steinhäusern des Hafenamtes ein Zimmer nahm, bis es wieder Zeit wurde, die alte Rundfahrt über sechzehnhundert Meilen in dreißig Tagen anzutreten. Kein sehr aufregendes Leben das für Kapitän Whalley, Henry Whalley, auch Teufelsharry genannt – den Whalley vom *Kondor*, der seinerzeit ein berühmter Schnellsegler gewesen war. Nein, kein sehr aufregendes Leben für einen Mann, der berühmten Firmen gedient, berühmte Schiffe (von denen mehr als eines sein Eigentum gewesen war) gesegelt, der berühmte Überfahrten gemacht hatte; der Pionier neuer Routen und neuer Handelszweige gewesen war, unerforschte Gebiete der Südsee durchkreuzt und die Sonne über Eilanden aufgehen gesehen hatte, die auf keiner Karte standen. Fünfzig Jahre zur See und vierzig Jahre im Osten (›eine recht gründliche Lehrzeit‹, pflegte er lächelnd zu bemerken) hatten ihn einer Generation von Reedern und Händlern in Ehren bekannt gemacht, von allen Häfen von Bombay ab bis dorthin, wo an der Küste der beiden Amerika der Osten in den Westen verläuft. Sein Ruhm blieb auf den Admiralitätskarten aufgezeichnet, nicht sehr hervorstechend, aber doch deutlich genug. Gab es nicht irgendwo zwischen Australien und China ein Whalley Island und ein Kondorriff? Auf jener gefährlichen Korallenformation war der berühmte Schnellsegler drei Tage lang gestrandet festgesessen; der Kapitän und die Mannschaft hatten sozusagen mit einer Hand die Ladung über Bord geworfen und mit der anderen eine Flottille von Kriegskanus der Eingeborenen abgewehrt. Damals führten weder das Eiland noch die Klippe ein amtlich anerkanntes Dasein. Später erkannten die Offiziere I. M. Dampfschiffs *Füsilier*, ausgeschickt, um die Route aufzunehmen, die Tat des Mannes und die Festigkeit des Schiffes an, indem sie die beiden Namen beibehielten. Überdies beginnt ja, wie jedermann, dem daran liegt, sehen kann, das ›Allgemeine Handbuch‹, Vol. II, Pag. 410, die Beschreibung der ›Malotu oder Whalley Passage‹ mit den Worten: „Diese vorteilhafte Route, die zuerst von Kapitän Whalley in dem Schiff *Kondor* im Jahre 1850 entdeckt wurde ...“ und endet mit einer warmen Empfehlung dieser Route für Segelschiffe, die aus chinesischen Häfen in den Monaten Dezember bis April nach Süden auslaufen.

Das war der ersichtliche Gewinn gewesen, den er vom Leben gehabt hatte. Nichts konnte ihm diese Art Ruhm nehmen. Der Durchstich der Landenge von Suez hatte, wie der Durchbruch eines Damms, eine Überschwemmung des Ostens durch neue Schiffe, neue Menschen, neue Handelsmethoden zur Folge gehabt. Das Gesicht der östlichen Meere, wie auch der Kern ihres Lebens waren dadurch geändert worden, so daß Kapitän Whalleys frühere Erfahrungen der neuen Generation von Seeleuten nichts mehr bedeuteten.

In jenen verklungenen Tagen hatte er viele tausend Pfund von seiner Reeder und seinem eigenen Geld in Händen gehabt. Er hatte getreulich, wie es das Gesetz von einem Kapitän erwartet, die einander widerstreitenden Interessen der Reeder, Befrachter und Versicherung vertreten. Er hatte nie ein Schiff verloren oder sich zu einer zweideutigen Handlung hergegeben; und er hatte gut ausgehalten und schließlich sogar die Vorbedingungen überdauert, die die Entstehung seines guten Namens ermöglicht hatten. Er hatte sein Weib begraben (im Golf von Petschili), hatte seine Tochter an den Mann ihrer unglücklichen Wahl verheiratet und ein sehr stattliches Vermögen beim Bankrott des bekannten

Travancore-Dekhan-Bankvereins verloren, dessen Sturz den Osten wie ein Erdbeben erschüttert hatte. Und er war fünfundsechzig Jahre alt.

II

Sein Alter drückte ihn nicht schwer; und seines Ruins schämte er sich nicht. Er war nicht der einzige gewesen, der an die unbedingte Sicherheit des Bankvereins geglaubt hatte. Leute, deren Urteil in Geldangelegenheiten so zuverlässig schien, wie das seine in allem, was die See betraf, hatten gemeint, er habe sein Geld gut angelegt, und hatten selbst bei dem großen Zusammenbruch viel Geld verloren. Der einzige Unterschied zwischen ihm und ihnen war, daß er alles verloren hatte. Und doch nicht alles. Von seinem verlorenen Vermögen war ihm eine sehr hübsche kleine Bark *Fair Maid* übriggeblieben, die er gekauft hatte zum Zeitvertreib für die Jahre, in denen er sich vom Dienst zurückgezogen haben würde – als Spielzeug, wie er es selbst nannte.

Daß er der See müde sei, hatte er ausdrücklich in dem Jahre vor der Verheiratung seiner Tochter erklärt. Als aber das junge Paar weggezogen war, um sich in Melbourne niederzulassen, hatte er entdeckt, daß er an Land doch nicht glücklich werden könne. Er war zu sehr Kapitän der Handelsmarine, als daß ihn bloßer Jachtsport hätte befriedigen können. Er wünschte wenigstens den Anschein von Geschäften beizubehalten; und die Erwerbung der *Fair Maid* gewährleistete ihm die Möglichkeit, sein Leben fortführen zu können. Seinen Bekannten in verschiedenen Häfen stellte er sie als ›mein letztes Kommando‹ vor. Wenn er einmal zu alt geworden war, daß man ihm weiterhin hätte ein Schiff anvertrauen dürfen, dann wollte er sie abtakeln und an Land gehen, um sich begraben zu lassen, in seinem Testament aber die unbedingte Verfügung hinterlassen, daß am Begräbnistage die Bark hinausgeschleppt und in tiefem Wasser sauber versenkt werden sollte. Seine Tochter würde ihm sicher nicht die Erfüllung seines Wunsches verwehren, daß kein Fremder nach ihm sein letztes Kommando in die Hände bekommen würde. Bei dem Vermögen, das er ihr hinterlassen konnte, spielte der

Wert einer Fünfhundert-Tonnen-Bark keine Rolle. All dies pflegte er mit einem lustigen Augenzwinkern zu erzählen; der rüstige alte Mann hatte zu viel Lebenskraft, um ein schmerzliches Bedauern aufbringen zu können; ein wenig Wehmut klang vielleicht doch mit, denn er fühlte sich im Leben zu Hause und fand ehrliche Freude an seinen Gefühlen und Genüssen; an seinem eigenen ehrenwerten Ruf und seinem Reichtum, an der Liebe für seine Tochter und der Zufriedenheit mit dem Schiff – dem Spielzeug seiner einsamen Mußezeit.

Die Kajüte hatte er sich mit all der Bequemlichkeit einrichten lassen, die sein eigener einfacher Geschmack, ihm zur See zu erlauben schien. Ein großer Bücherkasten (er war leidenschaftlicher Leser) nahm eine Seite der Staatskabine ein. Das stark nachgedunkelte Ölbildnis seiner verstorbenen Frau, auf dem das Profil und eine lange Ringellocke eines jungen Weibes zu erkennen waren, hing seiner Bettstelle gegenüber. Drei Chronometer tickten ihn in den Schlaf und begrüßten ihn beim Erwachen mit dem dünnen Stimmendurcheinander ihrer Gangwerke. Er stand jeden Tag um fünf Uhr auf. Der Offizier von der Morgenwache, der achtern beim Rad seinen Frühkaffee trank, konnte durch die weite Mündung der Kupferventilatoren all das Plätschern, Schnauben und Sprudeln von seines Kapitäns Morgentoilette hören. Diese Geräusche waren unweigerlich von einem gleichtönigen, tiefen Murmeln gefolgt: der Kapitän sprach mit ernster Stimme das Vaterunser. Fünf Minuten später tauchten sein Kopf und seine Schultern aus der Kajütenluke auf. Unbeweglich hielt er eine Zeitlang auf der Treppe an und sah ringsum nach dem Horizont, nach oben, nach der Segelstellung, und zog dabei in tiefen Zügen die frische Luft ein. Dann erst pflegte er auf die Hütte hinaufzugehen und, während der Offizier grüßend die Hand an den Mützenrand legte, mit einem majestätischen und wohlwollenden „Guten Morgen“ zu antworten. Bis acht Uhr schritt er gewissenhaft das Deck ab. Manchmal, doch nicht öfter als zweimal im Jahre, mußte er dabei einen starken, keulenartigen Stock gebrauchen, wegen einer kleinen Steifheit in der Hüfte, eines Anflugs von Rheumatismus, wie er annahm. Im übrigen wußte er nichts von den Übeln des Fleisches. Beim Klang der

Frühstücksglocke ging er hinunter, um seine Kanarienvögel zu füttern, die Chronometer aufzuziehen und den Platz am Kopfende des Tisches einzunehmen. Von dort aus hatte er die großen Lichtbilder seiner Tochter, ihres Gatten und zweier dickbeiniger Babys – seiner Enkelkinder – vor Augen, die in schwarzen Rahmen in das Ahornholz der Wandverkleidung eingelassen waren. Nach dem Frühstück pflegte er das Glas über diesen Bildern selbst mit einem Tuch abzuwischen und das Ölbild seiner Frau mit einem Federwisch abzustauben, der an einem kleinen Messinghaken neben dem schweren Goldrahmen hing. Dann schloß er die Tür seiner Staatskabine hinter sich und setzte sich auf das Ruhelager unter dem Bild, um ein Kapitel aus einer dicken Taschenbibel, ihrer Bibel, zu lesen. An manchen Tagen aber saß er nur eine halbe Stunde da und hielt die Finger zwischen den Blättern und das geschlossene Buch auf dem Knie. Vielleicht hatte er sich plötzlich daran erinnert, wie sehr sie das Segeln geliebt hatte.

Sie war ein guter Schiffskamerad und eine echte Frau gewesen. Für ihn war es ein Glaubenssatz, daß es niemals ein helleres, traulicheres Heim zur See oder zu Lande gegeben hatte oder geben konnte, als sein Heim unter dem Hüttendeck des *Kondor*, mit der großen Hauptkajüte, die ganz in Weiß und Gold gehalten und wie für ein immerwährendes Fest von einer unverwelklichen Blumenkette umzogen war. Sie selbst hatte die Mitte jedes Feldes in der Vertäfelung mit einem Strauß heimatlicher Blumen geschmückt. Es hatte sie zwölf Monate gekostet, um mit dieser liebevollen Arbeit um die ganze Kajüte herumzukommen. Ihm war es als ein Wunderwerk der Malerei erschienen, unübertrefflich vollendet in der geschmackvollen Ausführung; und der alte Swimburne gar, sein Erster Offizier, blieb, sooft er zu den Mahlzeiten herunter kam, wie angenagelt stehen und bewunderte das Fortschreiten des Werkes. „Man könnte diese Rosen beinahe riechen", erklärte er und schnüffelte den leisen Terpentingeruch ein, der damals den Salon durchzog und (wie der Alte nachher gestand) ihm mitunter ein wenig die Freude am Essen genommen hatte. Nichts derartiges aber stand dem Genüsse im Wege, den er an ihrem Singen fand. „Frau Whalley ist eine wirklich vollkommene

Nachtigall, Herr“, pflegte er sachverständig zu bemerken, nachdem er über das Oberlicht gebeugt ein Stück bis zu Ende angehört hatte. Bei gutem Wetter konnten die beiden Männer während der zweiten Wache ihre Triller und Läufe hören, die mit Klavierbegleitung aus der Kajüte drangen. Am Tage ihrer Verlobung hatte er nach London um das Instrument geschrieben; sie waren aber mehr als ein Jahr verheiratet, als es sie endlich erreichte. Die große Kiste bildete einen Teil der ersten Ladung, die ohne Umladen um das Kap herumgekommen war und im Hafen von Hongkong gelöscht wurde – ein Ereignis, das den Männern, die jetzt über die geschäftigen Quais schreiten, schattenfern schien wie vorgeschichtliche Zeitalter. Kapitän Whalley aber konnte während der Stunde der Einsamkeit sein ganzes Leben wieder durchleben, mit seiner Romantik, seinen stillen Freuden und seinen Schmerzen. Er selbst hatte seiner Frau die Augen schließen müssen. Sie ging unter der Flagge über Bord, wie eine rechte Seemannsfrau, sie selbst im Herzen ein Seemann. Er hatte über ihr das Totengebet gelesen, aus ihrem eigenen Gebetbuch, und die Stimme war ihm nicht gebrochen. Wenn er die Augen hob, hatte er den alten Swimburne sehen können, der ihn ansah und die Mütze an die Brust gedrückt hielt und dessen runzeliges, wetterverbranntes Gesicht von Wasserperlen triefte wie ein rohbehauener roter Granitblock in einem Regenschauer. Für den alten Seebären war es ganz recht zu weinen. Er selbst aber mußte bis zu Ende lesen; allerdings erinnerte er sich nicht mehr, was einige Tage nach dem Aufklatschen geschehen war. Ein älterer Matrose aus der Mannschaft, der nähen konnte, hatte für das Kind aus einem der schwarzen Kleider der Mutter ein Trauerkleidchen zurechtgemacht.

Kapitän Whalley glaubte, nicht vergessen zu können. Aber das Leben läßt sich nicht aufstauen, wie ein träger Strom. Es bricht durch und überflutet eines Mannes Kummer, es schließt sich über einem Schmerz, wie die See über einem toten Leib, ganz gleich, wieviel Liebe mit auf den Grund gegangen ist. Und die Welt ist nicht schlecht. Die Leute waren gütig gegen Kapitän Whalley gewesen; besonders Frau Gardner, die Frau des Seniorchefs von Gardner, Patteson & Co., den Reedern des *Kondor*. Sie hatte sich freiwillig erboten, für die Kleine zu sorgen, und sie, als es soweit war, mit ihren eigenen Mädchen nach England genommen (und das war damals eine Reise, wenn auch mit der Überlandpost), um ihre Erziehung zu vollenden. Zehn Jahre waren vergangen, bevor er sie wiedergesehen hatte.

Als kleines Kind hatte sie sich nie vor schlechtem Wetter gefürchtet. Sie bettelte oft, daß er sie in der Brustfalte seines Ölzeugs an Deck nehmen sollte, um den großen Brechern zuzusehen, die über den *Kondor* wegschlugen. Das Rauschen und Krachen der Wogen schien ihre kleine Seele mit atemlosem Entzücken zu erfüllen. ›An der ist ein guter Junge verloren‹, pflegte er spaßhaft von ihr zu sagen. Er hatte sie Ivy genannt, dem Klang des Wortes zuliebe und vielleicht auch durch eine undeutliche Gedankenverbindung bestimmt. Sie hatte sich eng um sein Herz gerankt und sollte sich, nach seinem Willen, fest an ihren Vater halten können, wie an einen Turm der Stärke; dabei hatte er, solange sie klein war, vergessen, daß sie sich der Natur der Dinge entsprechend wahrscheinlich an irgendeinen anderen halten würde. Doch liebte er das Leben zur Genüge, daß ihm sogar diese Tatsache eine gewisse Befriedigung neben dem mehr heimlichen Gefühl des Verlustes geben konnte. Nachdem er die *Fair Maid* gekauft hatte, um einen Zeitvertreib zu haben, hatte er schnell eine ziemlich unvorteilhafte Fracht nach Australien aus dem einfachen Grunde angenommen, um seine Tochter in ihrem eigenen Heim besuchen zu können; daß er dort sehen mußte, wie sie nun an irgend jemand hing, verstimmte ihn nicht so sehr wie die andere Erkenntnis, daß der Halt, den sie sich erwählt hatte, sich bei näherer Prüfung als ein recht armseliger Stecken erwies – sogar in bezug auf die Gesundheit. Dem Alten widerstrebte die unterstrichene Höflichkeit des Schwiegersohnes vielleicht noch mehr als dessen Art, die Geldsumme zu verwalten, die Ivy bei der Hochzeit mitbekommen hatte. Doch sagte er nichts von seinen Befürchtungen. Nur am Tage seiner Abreise, während die Hallentür schon offenstand, hielt er Ivys beide Hände, sah ihr fest in die Augen und sagte: „Du weißt, meine Liebe, alles, was ich habe, ist für dich und die Kleinen. Denke daran, mir immer offen zu schreiben." Sie hatte ihm mit einer fast unmerklichen Kopfbewegung geantwortet. Sie ähnelte ihrer Mutter in der Farbe der Augen, im Charakter – und auch darin, daß sie ihn ohne viel Worte verstand. Sie hatte allerdings bald zu schreiben – und über manche dieser Briefe mußte Kapitän Whalley seine weißen Brauen hochziehen. Im übrigen war er der Ansicht, daß er den wahren Lohn für seine Lebensmühen nur erntete, wenn er imstande war, alles zu tun, was man von ihm verlangte. Seit dem Tode seiner Frau hatte er sich keine großen Vergnügungen gegönnt. Bezeichnenderweise weckten die unweigerlichen Mißerfolge seines Schwiegersohns aus der Entfernung in ihm sogar eine gewisse Güte gegen den Mann. Der Bursche saß alle Augenblicke so jämmerlich an einer Leeküste fest, daß es augenscheinlich unbillig gewesen wäre, der leichtfertigen Navigation die ganze Schuld zu geben. Nein, nein! Kapitän Whalley wußte wohl, was das hieß. Das Glück fehlte. Er selbst hatte immer sehr viel Glück gehabt, hatte aber auch in seinem Leben zu viele gute Männer – Seeleute und andere – einfach an dem Mangel an Glück untergehen sehen, um die schlimmen Anzeichen nicht zu erkennen. Aus allen diesen Gründen erwog er gerade den besten Weg, um jeden Pfennig, den er zu hinterlassen hatte, recht fest anzulegen, als nach wenigen vorhergehenden Gerüchten {die ihn zufällig zuerst in Shanghai erreichten) plötzlich der große Krach erfolgte. Und nachdem er die Phasen der sprachlosen Verblüffung, der Ungläubigkeit und Entrüstung durchlaufen, hatte er sich mit der Tatsache abzufinden gehabt, daß ihm nichts Nennenswertes übriggeblieben war, das er hätte hinterlassen können.

Daraufhin, als hätte er nur auf diesen Schicksalsschlag gewartet, gab der Unglücksmensch dort in Melbourne seinen unvorteilhaften Beruf auf und setzte sich zur Ruhe – noch dazu in einem Rollstuhl. ›Er wird nie wieder gehen können‹, schrieb die Frau. Zum ersten Male in seinem Leben fühlte sich Kapitän Whalley etwas niedergeschlagen.

Für die *Fair Maid* wurde es nun mit der Arbeit bittrer Ernst. Es ging nicht länger darum, das Andenken für Teufelsharry Whalley in den östlichen Meeren wachzuhalten oder einem alten Mann das Taschengeld und die Schneiderrechnung zu bezahlen und vielleicht darüber hinaus noch ein paar feine Zigarren bei Jahresschluß. Er mußte sich richtig ins Zeug legen und das Schiff scharf hernehmen, wobei für die Vergoldung der Lebkuchenschnörkel an Steven und Heck wenig übrigblieb.

Diese Notwendigkeit öffnete ihm die Augen für die grundlegenden Veränderungen in der Welt. Aus seiner Vergangenheit waren da und dort die Familiennamen geblieben, die Dinge und die Männer aber, wie er sie gekannt hatte, waren dahingegangen. Der Name von Gardner, Patteson & Co. fand sich noch an den Mauern von Lagerhäusern an den Quais, auf Messingplatten und Fensterscheiben im Geschäftsviertel von mehr als einem Hafen des Ostens; aber es gab keinen Gardner oder Patteson mehr in der Firma. Es gab auch für Kapitän Whalley keinen Lehnstuhl und keinen Willkomm mehr im Privatbureau, kein kleines Geschäftchen dazu, das man einem alten Freund zum Dank für frühere Dienste gelegentlich zuschob. Die Gatten der Gardner-Mädels saßen hinter den Schreibtischen in dem Zimmer, wo er sich zu Lebzeiten des alten Mannes, lange nachdem er den Dienst verlassen, noch ein Eintrittsrecht gewahrt hatte. Ihre Schiffe hatten gelbe Schornsteine mit schwarzem Rand und einen genau festgelegten Fahrplan, wie eine elende Straßenbahn. Die Winde im Dezember und im Juni machten ihnen nichts aus. Den Kapitänen (ausgezeichneten jungen Leuten, daran zweifelte er nicht) war natürlich Whalley Island vertraut, denn kürzlich hatte die Regierung an der Nordspitze ein weißes festes Feuer eingerichtet (mit einem roten, Gefahr kündenden Seitenlicht nach dem Kondorriff zu). Doch die meisten unter ihnen wären wohl aufs höchste überrascht gewesen, zu hören, daß es noch einen Whalley von Fleisch und Blut gab – einen alten Mann, der die Welt durchzog und sich mühte, da und dort eine Ladung für seine kleine Bark aufzutreiben.

Und überall war es das gleiche. Dahin die Männer, die bei der Nennung seines Namens anerkennend genickt und es als Ehrenpflicht betrachtet hätten, etwas für Teufelsharry Whalley zu tun. Dahin die Möglichkeiten, die er verstanden hätte auszunützen. Und verschwunden, zugleich mit ihnen, auch die weißbeschwingte Schar der Schnellsegler, die im ungewissen Wehen der Winde dahinlebten und aus der schäumenden See viel Geld herausschlugen. In einer Welt, die den Gewinn auf die Mindestgrenze heruntergedrückt hatte, die ihre freie Tonnage täglich zweimal überzählen konnte und in der magere Frachten drei Monate im voraus durch Kabel vergeben wurden – in einer solchen Welt gab es keine Aussichten mehr für ein Menschenwesen, das auf gut Glück mit einer kleinen Bark herumzog; keine Aussichten, kaum noch Platz zum Leben.

Er fand es von Jahr zu Jahr schwieriger. Er litt schwer darunter, daß er seiner Tochter nur kleine Zuschüsse senden konnte. Inzwischen hatte er gute Zigarren ganz aufgegeben und sich sogar bei den billigeren auf sechs Stück am Tage beschränken gelernt. Er schrieb ihr nie ein Wort von seinen Schwierigkeiten, und auch sie ließ sich über die ihren niemals aus. Ihr gegenseitiges Vertrauen zueinander verlangte keine Aufklärungen, und ihr unbedingtes Verstehen hielt an, auch ohne Versicherungen von Dankbarkeit oder Bedauern. Es hätte ihn verletzt, wenn sie es sich hätte einfallen lassen, ihm wortreich zu danken, doch fand er es ganz natürlich, daß sie ihm gestand, sie brauche zweihundert Pfund.

Er hatte mit der *Fair Maid* unter Ballast den Heimathafen der *Sofala* angelaufen, um nach einer Fracht Ausschau zu halten, und ihr Brief hatte ihn dort erreicht. Sein Inhalt besagte, daß es keinen Sinn habe, die Tatsache zu beschönigen. Ihr bliebe kein andrer Ausweg, als ein Kosthaus zu eröffnen, wofür ihrer Meinung nach die Aussichten günstig waren. Gut genug jedenfalls, um ihr den Freimut zu der Mitteilung zu geben, daß sie mit zweihundert Pfund anfangen könnte. Er hatte hastig den Umschlag aufgerissen, auf Deck, wo er ihm durch den Laufboten des Schiffsmaklers, der ihm sofort nach dem Ankern die Post gebracht hatte, übergeben worden war. Zum zweiten Mal in seinem Leben fühlte er sich niedergeschlagen und blieb stocksteif in der Kajütentür stehen, das Papier in den zitternden Fingern. Ein Kosthaus eröffnen! Zweihundert Pfund für den Anfang! Der einzige Ausweg! Und er wußte nicht, wo er zweihundert Pence hernehmen sollte!

Die ganze Nacht lang schritt Kapitän Whalley die Hütte seines verankerten Schiffes ab, als handelte es sich darum, bei schlechtem

Wetter unter Land zu kommen, ohne genaue Kenntnis des Standpunktes, nach einer Fahrt durch viele graue Tage, ohne Sonne, Mond und Sterne. Die schwarze Nacht glitzerte von Richtfeuern für Seeleute und den ruhigen, geraden Streifen der Lichter an Land. Rings um die *Fair Maid* warfen tanzende Schiffslichter zitterigen Widerschein über das Wasser der Reede. Kapitän Whalley sah nirgends einen Lichtschimmer, bis der Tag anbrach und er merkte, daß seine Kleider von schwerem Tau durchnäßt waren.

Sein Schiff war schon wach. Er blieb kurz stehen, drückte seinen nassen Bart aus und stieg rücklings, mit müden Füßen, die Hüttenleiter hinab. Bei seinem Anblick blieb dem Ersten Offizier, der sich schläfrig auf dem Hauptdeck herumdrückte, mitten in dem Morgengähnen der Mund offen stehen.

„Guten Morgen“, sagte Kapitän Whalley feierlich und ging in die Kajüte. Doch er blieb in der Tür stehen und fügte, ohne zurückzusehen, hinzu: „Nebenbei ... irgendwo im Lazarett muß noch eine leere Holzkiste aufgehoben sein. Sie ist nicht zerschlagen worden, oder?“

Der Offizier schloß den Mund und fragte dann wie betäubt: „Was für eine leere Kiste, Herr?“

„Eine große, flache Kiste, für das Ölbild in meinem Zimmer. Lassen Sie sie an Deck schaffen und vom Zimmermann nachsehen. Ich werde sie vielleicht bald brauchen.“

Der Offizier rührte kein Glied, bis er die Tür zu des Kapitäns Staatskajüte hatte zuschlagen hören. Dann winkte er den Zweiten achtern zu sich und teilte ihm mit, ›es sei etwas im Winde‹. Als die Glocke zum Frühstück läutete, dröhnte Kapitän Whalleys Stimme durch die geschlossene Tür: „Setzen Sie sich hin und warten Sie nicht auf mich.“ Und seine Offiziere setzten sich bedrückt zu Tisch und tauschten Blicke und geflüsterte Worte. Was? Kein Frühstück? Und noch dazu, nachdem er sich offenbar die ganze Macht auf Deck herumgetrieben hatte! Ja, da war freilich etwas im Winde. Über ihren Köpfen, die ernst über die Teller gebeugt waren, schaukelten im Oberlicht drei Drahtkäfige von dem rastlosen Umherhüpfen der hungrigen Kanarienvögel. Aus der Staatskajüte konnten sie die gemessenen Bewegungen ihres Alten hören. Kapitän Whalley zog bedächtig die Chronometer auf, staubte das Ölbild seiner verstorbenen Frau ab, nahm ein sauberes, weißes Hemd aus der Schublade und machte sich in seiner peinlich genauen, besonnenen Art fertig, an Land zu gehen. Er hätte an jenem Morgen keinen Bissen hinunterbringen können. Er hatte sich entschlossen, die *Fair Maid* zu verkaufen.

III

Gerade damals suchten die Japaner weit und breit nach Schiffen von europäischer Bauart, und Kapitän Whalley hatte keine Schwierigkeiten, einen Käufer zu finden, einen Spekulanten, der hart feilschte, aber die *Fair Maid*, im Hinblick auf einen gewinnreichen Weiterverkauf, bar bezahlte. So kam es, daß Kapitän Whalley an einem gewissen Nachmittag die Freitreppe eines der bedeutendsten Postämter des Ostens mit einem Streifen bläulichen Papiers in der Hand hinunterging. Es war der Aufgabeschein eines eingeschriebenen Briefes, den er mit einem Scheck über zweihundert Pfund nach Melbourne geschickt hatte. Kapitän Whalley schob den Papierstreifen in seine Westentasche, zog seinen Stock unter dem Arm hervor und ging die Straße hinunter.

Es war eine kürzlich eröffnete und noch unfertige Hauptstraße, mit einer Andeutung von Bürgersteigen zu beiden Seiten und über und über von einer weichen Staubschicht bedeckt. Ihr eines Ende mündete in das elende chinesische Geschäftsviertel nahe am Hafen, nach der andern Seite aber erstreckte sie sich in gerader Linie, ohne Häuser, ein paar Meilen weit durch Inseln dschungelartigen Pflanzenwuchses bis zu den Hoftoren der neuen Vereinigten Dock-Gesellschaft. Die grellen Stirnseiten der neuen Regierungsgebäude wechselten ab mit den rohen Plankenzäunen um leere Bauplätze. Die Straße war leer und wurde von den Eingeborenen nach den Geschäftsstunden vermieden, als hätten sie gefürchtet, daß einer der Tiger aus der Nachbarschaft der neuen Wasserwerke auf dem

Hügel heruntergetrabt kommen könnte, um sich einen der chinesischen Ladeninhaber zum Abendessen zu holen. Kapitän Whalley konnte die Einsamkeit der großangelegten Straße nichts von der Wucht seiner Erscheinung nehmen. Er schritt, eine einsame Gestalt mit einem großen, weißen Bart wie ein Pilger, zielbewußt dahin, einen dicken Stock in der Hand, der eine Waffe schien. Auf einer Seite zeigte sich der Vorbau des neuen Gerichtsgebäudes, niedrig und schmucklos auf stämmigen Säulen ruhend und halb verborgen hinter ein paar alten Bäumen, die man im Vorgarten stehengelassen hatte. Auf der andern Seite kamen die Flügel des neuen Kolonialschatzamtes bis an die Straßenflucht heran. Kapitän Whalley aber, der nun kein Schiff und kein Heim mehr hatte, erinnerte sich im Vorübergehen, daß, als er zum ersten Male aus England herübergekommen war, auf diesem selben Fleck ein Fischerdorf gestanden hatte, ein paar Rohrhütten auf Pfählen, zwischen einer schlammigen Flutbucht und einem morastigen Fußpfad, der sich in eine dichte Wildnis ohne Docks oder Wasserwerke verlor.

Kein Schiff und kein Heim. Und auch seine arme Ivy dort weit weg hatte kein Heim. Ein Kosthaus ist kein Heim, wenn es einem auch einen Lebensunterhalt gewähren mag. Der Gedanke an das Kosthaus widerstrebte seinem innersten Gefühl. Seine Stellung im Leben paarte sich mit wahrhaft adeligen Anschauungen, die eine Verachtung kleinbürgerlicher Wohlanständigkeit und ein gewisses Vorurteil gegen die Anrüchigkeit gewisser Berufsarten kennzeichneten. Für seine Person hatte er es immer vorgezogen, Handelsschiffe zu führen (was eine einwandfreie Beschäftigung ist), anstatt Ware zu kaufen und zu verkaufen, wobei es ja im Grunde darauf ankommt, jemand hineinzulegen – oder bestenfalls auf eine ziemlich würdelose Entfaltung von Scharfsinn. Sein Vater war der Oberst Whalley (im Ruhestand) gewesen, seinerzeit in Diensten der Ostindischen Kompanie, mit sehr bescheidenen Mitteln neben seiner Pension, doch mit vornehmen Beziehungen. Kapitän Whalley konnte sich noch aus seiner Knabenzeit erinnern, daß die Kellner in Gasthäusern, Landkaufleute und ähnliche Angehörige der unteren

Mittelstände den alten Krieger infolge seiner machtvollen Erscheinung als ›Mylord‹ ansprachen.

Kapitän Whalley selbst (er wäre wohl in die Marine eingetreten, wäre sein Vater nicht gestorben, bevor er selbst vierzehn Jahre alt war) hatte etwas Großartiges, das einem alten, glorreichen Admiral gut angestanden hätte. Nun aber verlor er sich wie ein Strohhalm in einem Wirbelwind unter dem Schwarm von brauner und gelber Menschheit in einer Zwischenstraße, die im Gegensatz zu der breiten, leeren Allee, die er verlassen hatte, eng wie eine Schlucht und von aufbrausendem Leben überzuquellen schien. Die Hauswände waren blau gestrichen; die Läden der Chinesen gähnten wie Höhlengräber; Haufen von unbeschreiblichen Waren überschwemmten die langen Laubengänge, und die Glut eines klaren Sonnenuntergangs ergoß sich mitten durch die Straße, von einem Ende zum andern, wie der Abglanz eines Brandes. Sie fiel auf die bunten Farben und die dunklen Gesichter der bloßfüßigen Menge, auf die bleichen, gelben Rücken der halbnackten Lastkulis, auf das Lederzeug eines hochgewachsenen Sikh mit geteiltem Bart, der vor dem Tor des Polizeigebäudes Wache stand. Riesengroß über dem Meer dichtgedrängter Köpfe, schwamm, von einer roten Dunstwolke umgeben, ein vollgepackter Wagen der elektrischen Straßenbahn vorbei, unter unaufhörlichem Blasen seines Signalhorns, wie ein Dampfer, der im Nebel tutet.

Kapitän Whalley kam wie ein Taucher auf der anderen Seite hoch und nahm im einsamen Schatten zwischen den Mauern der geschlossenen Warenhäuser seinen Hut ab, um sich die Stirn zu kühlen. Ein gewisser übler Beigeschmack haftete dem Beruf einer Kosthauswirtin an. Diese Frauen gelten als habgierig, gewissenlos, unzuverlässig; und wenn er auch keine Klasse seiner Mitmenschen verachtete – Gott behüte! –, so schien es doch unziemlich für eine Whalley, daß sie sich Verdächtigungen solcher Art aussetzen sollte. Doch hatte er ihr deswegen keine Vorstellungen gemacht. Er hatte das volle Vertrauen, daß sie sein Gefühl teilte; er war traurig für sie; vertraute ihrem Urteil; betrachtete es als eine günstige Fügung, daß er ihr noch einmal helfen konnte – aber in dem adeligen

Innersten seines Herzens hätte er es wohl leichter gefunden, sich mit dem Gedanken auszusöhnen, daß sie etwa Näherin geworden wäre. Er erinnerte sich dunkel, vor Jahren eine rührende Dichtung, genannt ›Der Sang des Hemdes‹, gelesen zu haben. Es war schon recht, Gedichte über arme Frauen zu verfassen. Aber die Enkelin des Obersten Whalley als Wirtin eines Kosthauses! Uff! Er setzte seinen Hut wieder auf, griff in zwei Taschen und blieb einen Augenblick stehen, um ein flackerndes Zündhölzchen an das Ende einer billigen Cheroot zu halten. Dann blies er verbittert eine Rauchwolke dieser Welt ins Gesicht, die solche Überraschungen bergen konnte.

Einer Sache war er gewiß – daß sie das rechte Kind einer klugen Mutter war. Jetzt, da er über den ersten Schmerz, sich von seinem Schiff trennen zu müssen, weggekommen war, sah er auch klar ein, daß ein solcher Schritt nie zu vermeiden gewesen wäre. Vielleicht hatte es schon längst angefangen, ihm klarzuwerden, ohne daß er es sich hätte eingestehen wollen. Sie aber, dort weit weg, mußte es gefühlsmäßig erfaßt haben, mit dem Mut, der Wahrheit ins Gesicht zu sehen und sie auszusprechen – beides Eigenschaften, die ihre Mutter zu einer so ausgezeichneten Ratgeberin gemacht hatten.

Es hätte schließlich dazu kommen müssen. Es war gut, daß sie ihm die Hand geführt hatte. Noch ein oder zwei Jahre später wäre es ein durchaus unvorteilhafter Verkauf gewesen. Um das Schiff in Gang zu halten, hatte er sich jedes Jahr tiefer hineingearbeitet. Er war wehrlos gegen die vielfachen kleinen Widerwärtigkeiten, wenn er auch offenen Schicksalsschlägen sehr wohl die Stirn zu bieten verstand, wie eine Klippe, die unbewegt dem Ansturm der See standhält und die tückische Rückströmung mißachtet, die ihre Grundfesten unterwühlt. Wie nun die Dinge lagen, blieb ihm, nach Tilgung sämtlicher Schulden und Erfüllung des Wunsches seiner Tochter, aus dem Geschäft eine Summe von fünfhundert Pfund. Außerdem hatte er noch einige vierhundert Dollars bei sich – gerade genug, um seine Hotelrechnung zu bezahlen, vorausgesetzt, daß er nicht allzulange in dem einfachen Zimmer verweilte, in dem er Zuflucht gesucht hatte.

Spärlich eingerichtet, mit gewachstem Boden, ging es auf eine der Seitenveranden hinaus. Der weitläufige Ziegelbau, luftig wie ein Vogelkäfig, hallte wider von dem unaufhörlichen Klappern der Fensterläden, an denen, zwischen den weißgetünchten, viereckigen Pfeilern an der Seeseite durch, der Wind rüttelte. Die Zimmer waren luftig, ein Gewimmel von Sonnenflecken tanzte über die Decke; und die gelegentlichen Einfälle von Touristen bei der Ankunft eines Passagierdampfers im Hafen erfüllten das winddurchwehte Dämmern der Räume mit dem Lärm unbekannter Stimmen und eines eiligen Hin und Her, als wären wandernde Schatten zu kurzer Rast eingekehrt, die verdammt waren, die weite Welt zu durchfliegen und nirgends eine Spur zu hinterlassen. Das Getöse dieser gelegentlichen Überfälle verging so plötzlich, wie es entstanden war; die schmutzigen Korridore und die Liegestühle in den Veranden sahen nichts mehr von der Hetzjagd nach Sehenswürdigkeiten oder der erschöpften Rast; und Kapitän Whalley, wuchtig und würdig allein geblieben, fühlte sich in dem großen Hotel nach jedem solchen leichtherzigen Einbruch mehr und mehr selbst wie ein gestrandeter Tourist ohne Ziel, wie ein verlorener Wanderer ohne Heimat. In der Einsamkeit seines Zimmers rauchte er nachdenklich und sah nach den beiden Seekisten, die alles enthielten, was er in der Welt sein eigen nennen konnte. Eine dicke Kartenrolle in einem Segeltuchfutteral lehnte in einer Ecke; die flache Kiste mit dem Ölbild und den drei Photographien war unter das Bett geschoben. Er war es müde, Bedingungen zu erörtern, Besichtigungen beizuwohnen und allerlei Geschäftsbrimborium mitzumachen. Was für die Gegenpartei lediglich der Verkauf eines Schiffes war, war für ihn ein einschneidendes Ereignis, das seinem Leben ein durchaus neues Gesicht gab. Er wußte gut, daß es nach diesem Schiff kein anderes mehr für ihn geben würde; und die Hoffnungen seiner Jugend, die Ausnutzung seiner Fähigkeiten, jedes Gefühl und jede Tat seiner Mannesjahre waren unlösbar mit Schiffen verknüpft gewesen. Er hatte auf Schiffen gedient; er hatte Schiffe zu eigen gehabt, und sogar die Jahre seiner jetzigen Zurückgezogenheit waren anfangs durch den Gedanken erträglich gemacht worden, daß er nur die Hand voll Geld auszustrecken brauchte, um ein Schiff zu bekommen. Er hätte sich tatsächlich als Eigentümer aller Schiffe der Welt fühlen können. Der Verkauf dieses einen war eine traurige Sache. Als es aber von ihm gegangen war, als er die letzte Quittung unterschrieben hatte, da war es, als wären mit einem Schlage alle Schiffe aus der Welt verschwunden und hätten ihn an der Küste unzugänglicher Ozeane zurückgelassen, mit siebenhundert Pfund in der Hand.

Während er mit festen Schritten und ohne Hast den Quai entlangschritt, wandte Kapitän Whalley die Blicke von der vertrauten Reede ab. Zwei Generationen von Seeleuten, die seit seinem ersten Tage auf See geboren waren, standen zwischen ihm und all den Schiffen dort vor Anker. Sein eigenes war verkauft, und nun fragte er sich, was weiter?

Aus dem Gefühl der Einsamkeit, der inneren Leere – und auch des Verlustes, als wäre ihm so recht die Seele mit Gewalt aus dem Leibe gerissen worden – war zuerst der Wunsch entsprungen, geradewegs zu seiner Tochter zu fahren. ›Hier sind die letzten Pfennige‹, hätte er ihr gesagt, ›nimm sie, meine Liebe. Und hier ist dein alter Vater: den mußt du auch dazunehmen.‹

Seine Seele schauderte davor zurück, als fürchtete sie sich vor dem, was auf dem Grunde dieser Regung verborgen lag. Aufgeben? Niemals! Wenn man so richtig müde ist, dann, kommt einem allerlei Unsinn in den Kopf. Das wäre ein schönes Geschenk für eine arme Frau gewesen – diese siebenhundert Pfund zugleich mit einem rüstigen alten Burschen, der aller Wahrscheinlichkeit nach noch Jahre und Jahre aushalten konnte. War er nicht so gut wie einer der Jungen auf den Schiffen da draußen imstande, in den Sielen zu sterben? Seine Kraft war so unversehrt wie nur je. Allerdings war es eine andere Frage, wer ihm würde Arbeit geben wollen. Sollte er, mit seinem Aussehen und seinem Vorleben, etwa nach dem Posten eines Zweiten Offiziers Nachfrage halten, so würden ihn die Leute, wie er fürchtete, nicht ernst nehmen; oder wenn es ihm vielleicht gelang, sie zu rühren, dann konnte er auf Mitleid rechnen, was etwa soviel bedeutete, als hätte er sich nackt ausziehen sollen, um sich dann schlagen zu lassen. Er dachte nicht daran, sich für weniger als nichts aus der Hand zu geben. Er brauchte niemandes Mitleid. Auf der andern Seite lag ein

Kommando – das einzige, was er unter Rücksicht auf das gewöhnlichste Schicklichkeitsgefühl anstreben konnte – aller Wahrscheinlichkeit nach nicht gerade an der nächsten Straßenecke für ihn bereit. Kommandostellen werden heute niemand nachgeworfen. Seit dem Augenblick, da er an Land gekommen war, um den Verkauf in die Wege zu leiten, hatte er die Ohren offengehalten, hatte aber von keiner freien Stelle im Hafen gehört. Und hätte es auch eine gegeben, so wäre immer noch seine erfolgreiche Vergangenheit im Wege gestanden. Zu lange war er sein eigener Herr gewesen. Die einzige Empfehlung, die er vorlegen konnte, war das Zeugnis seines ganzen Lebens. Was hätte man Besseres verlangen können? Doch er fühlte dunkel, daß dieser einzige Ausweis als ein Museumsstück der östlichen Meere angesehen werden würde – als eine Handschrift, in den veralteten Worten einer halbvergessenen Sprache abgefaßt.

IV

In solche Gedanken versunken, ging er den Schienengleisen am Quai entlang, mit breiter Brust, ungebeugt, als hätten seine mächtigen Schultern nie eine der Bürden gefühlt, die wir von der Wiege bis zum Grabe mit uns tragen müssen. Keine verräterische Runzel oder Kummerfalte entstellte das ruhevolle Ebenmaß seines Gesichtes. Es war voll und nicht von der Sonne verbrannt; über der Länge silberigen Barthaares erhob sich massig und ruhig der obere Teil, ansprechend durch die Hautfarbe und die wuchtige Wölbung der Stirn. Sein erster Blick fiel auf die Menschen rein und flink, wie der eines Jungen; infolge der buschigen, weißen Augenbrauen aber wirkte seine liebenswürdige Aufmerksamkeit immer wie eine finstere und durchdringende Prüfung. Mit den Jahren hatte er ein wenig Fleisch angesetzt, hatte an Umfang zugenommen wie ein alter Baum, der doch keine Anzeichen des Verfalls aufweist; und sogar das üppige, glänzende Geringel weißen Haares auf seiner Brust erschien noch als Merkmal unbeugsamer Lebenskraft und Stärke.

Früher einmal ziemlich stolz auf seine große Körperkraft, auf seine persönliche Erscheinung, sich seines Wertes voll bewußt und von unbeugsamer Rechtlichkeit, hatte er, wie ein Erbstück aus besseren Tagen, die ruhige Haltung eines Mannes bewahrt, der sich zu jeder Stunde dem Leben seiner Wahl gewachsen gezeigt hat. Er schritt dahin unter dem breiten Rand eines alten Panamahutes, der eine niedrige Form hatte, eine Quetschfalte quer durch den ganzen Umfang und ein schmales, schwarzes Band. Diese unverwüstliche und ein wenig verschossene Kopfbedeckung machte es leicht, ihn von weitem auf belebten Quais und Straßen zu erkennen. Er hatte die verhältnismäßig neue Mode weißgestrichener Korkhelme nie mitgemacht. Er liebte die Form nicht und hoffte bis zum Ende seines Lebens ohne dieses Beiwerk von hygienischer Lüftung sich seinen kühlen Kopf bewahren zu können. Sein Haar war kurz geschoren, sein Leinen von tadelloser Weiße; ein Anzug aus dünnem, grauem Flanell, etwas abgetragen, aber sauber gebürstet, umfloß seine mächtigen Glieder und erhöhte durch den losen Schnitt noch die Wucht der Erscheinung. Die Jahre hatten die lustige, unbeirrbare Kühnheit seiner Jugend zu einem steten Gleichmut gemildert; und das leise Klopfen seines Stocks mit der Eisenspitze auf dem Pflaster begleitete seine Schritte mit einem selbstbewußten Ton. Es schien undenkbar, eine so vornehme Erscheinung und ein so unverbrauchtes Aussehen mit den erniedrigenden Sorgen der Armut in Verbindung zu bringen; das ganze Leben des Mannes schien einem leicht und weit vor Augen zu stehen, in völliger Freiheit von Geldsorgen und weit wie die Kleider, die er nun am Leibe trug.

Die fast übertriebene Sorge, zu persönlichen Ausgaben im Hotel seine fünfhundert Pfund angreifen zu müssen, störte seine Gemütsruhe. Es gab keine Zeit zu verlieren. Die Rechnung summte sich auf. Er hoffte, daß diese fünfhundert Pfund vielleicht, wenn alles sonst versagte, das Mittel sein konnten, irgendeine Arbeit zu bekommen, die ihm helfen sollte, Leib und Seele zusammenzuhalten (was keine große Sache war), aber auch, seiner Tochter behilflich zu sein. Für sein Gefühl war es ihr Geld, das er dazu benützte, um ihrem Vater, und zwar zu ihrem Nutzen, auszuhelfen.

Sobald er einen Posten hatte, wollte er ihr den Großteil seines Gehalts schicken; er konnte noch lange Jahre Dienst tun, und dieses Kosthaus, so sagte er sich, konnte, wie gut auch die Aussichten sein mochten, von Anfang an nicht etwa gleich eine Goldgrube sein. Was für eine Arbeit aber sollte er suchen? Er war bereit, alles anzunehmen, was sich mit seiner Würde vertrug und ihm schnell unter die Finger kam; denn die fünfhundert Pfund mußten für etwaige Notfälle unbedingt erhalten bleiben. Das war die Hauptsache. Mit den ganzen Fünfhundert fühlte man ein Vermögen hinter sich; doch hatte er das Gefühl, daß das Geld alle Wirkung verlieren würde, wenn er es erst auf vierhundertfünfzig oder auch nur vierhundertachtzig einschrumpfen ließ, als läge in der runden Summe eine Zauberkraft. Was für eine Arbeit aber?

Von dieser quälenden Sorge verfolgt wie von einem bösen Geist, gegen den er keine Beschwörungsformeln kannte, blieb Kapitän Whalley auf dem Scheitelpunkt einer kleinen Brücke stehen, die sich steil über das Bett eines zwischen Granitmauern eingezwängten Flusses spannte. Zwischen den Quaderwänden lag eine malaiische Hochseeprau vor Anker, halb unter dem Steinbogen verborgen, die Spieren niedergefiert, ohne einen Laut an Bord, vom Heck bis zum Bug mit einer Unmenge von Matten aus Palmblättern bedeckt. Er hatte das überhitzte Pflaster hinter sich gelassen, mit seiner Einfassung von Steinmauern, die wie die Klippen jeder Einbuchtung des Ufers folgten; vor ihm tat sich eine unbegrenzte Weite auf, wie ein gepflegter Park, mit weiten Flächen kurzen Rasens, wie grüne glatte Teppiche, mit langen Reihen alter Bäume, die als dunkle Säulen das Astgewölbe einer ungeheuren Halle zu tragen schienen.

Einige dieser Alleen endeten am Meer. Die Masten und Spieren einiger Schiffe, die weit weg lagen, den Rumpf unter der Kimm, ragten in einem feinen Gewirr rosiger Linien, wie mit Bleistift gezeichnet, gegen den klaren Himmel empor. Kapitän Whalley sandte ihnen einen langen Blick zu. Dort draußen lag auch das Schiff, das einst das seine gewesen. Es tat weh, denken zu müssen, daß es ihm nicht länger gegeben war, am Quai ein Boot zu nehmen und sich zu dem Schiff hinausrudern zu lassen, wenn der Abend kam. Zu keinem Schiff. Vielleicht nie wieder. Bevor der Kauf abgeschlossen und bis die Kaufsumme bezahlt war, hatte er täglich einige Zeit an Bord der *Fair Maid* zugebracht. Das Geld war an diesem selben Morgen bezahlt worden, und nun gab es mit einmal kein Schiff mehr, an dessen Bord er gehen konnte, wenn ihn die Lust ankam. Kein Schiff, das seine Gegenwart brauchen würde, für die Arbeit – zum Leben. Es schien eine ganz unglaubliche Sachlage, zu lächerlich, um von Dauer sein zu können. Und die See war voll von Schiffen aller Art. Da lag diese Prau so still unter ihren Decken aus zusammengenähten Palmblättern – auch sie hatte ihren unentbehrlichen Mann. Sie lebten beide voneinander, dieser Malaie, den er nie gesehen hatte, und dieses unförmige Ding mit dem hohen Heck, das nach einer langen Reise auszuruhen schien. Und von all den Schiffen in Sicht, nah und fern, hatte jedes seinen Mann, den Mann, ohne den auch das schönste Schiff ein totes Ding ist, ein treibender, zweckloser Klotz.

Nachdem er diesen einen Blick über die Reede geworfen hatte, ging er weiter, da es nichts mehr gab, dem er sich hätte zuwenden können, und die Zeit irgendwie hingebracht werden mußte. Die Alleen zwischen den großen Bäumen erstreckten sich weit längs der Küste, schnitten einander in verschiedenen Winkeln, mit Säulen an ihrem Fuß und wucherndem Überschwang oben. Die verschlungenen Äste dort oben schienen zu schlummern; kein Blatt rührte sich, und die Gußeisenrohre der Lampenpfosten in der Mitte der Straße, goldfarben wie Zepter, verkleinerten sich in der weiten Perspektive und schienen mit ihren weißen Porzellankugeln auf der Spitze ein barbarischer Schmuck aus Straußeneiern, die in einer Reihe aufgepflanzt waren. Der flammende Himmel warf einen kleinen Purpurfleck auf die glitzernde Oberfläche der Glasschalen.

Das Kinn ein wenig gesenkt, die Hand hinter dem Rücken und mit dem Stockende eine leicht zitterige Spur in den Kies ritzend, überlegte Kapitän Whalley, daß ein Schiff ohne Mann wie ein Körper ohne Seele war, ein Seemann ohne ein Schiff aber in dieser Welt nicht viel mehr bedeutete, als ein herrenloser Baumstamm, der im Meere treibt. Der Baumstamm mochte innerlich ganz gesund sein, zäh in der Faser und kaum umzubringen, doch was bedeutete das! Das plötzliche Vorgefühl unabänderlicher Muße machte ihm die Füße schwer wie Blei.

Mehrere offene Wagen rollten hintereinander die neu eröffnete Küstenstraße einher. Man konnte über die weiten Rasenflächen weg die von den wirbelnden Speichen gebildeten Kreise sehen. Die bunten Wölbungen der Sonnenschirme hingen leicht heraus wie voll erschlossene Blüten über den Rand einer Vase; und die ruhige Fläche dunkelblauen Wassers, von einem Purpurstreifen durchkreuzt, bildete den Hintergrund für die kreisenden Räder und die weit ausgreifenden Pferde, während die turbanbedeckten Köpfe der indischen Diener, über die Horizontlinie hinausragend, am bleiernen Blau des Himmels entlangglitten. Auf einem offenen Platz nahe der kleinen Brücke bog jedes Gespann in einem eleganten Bogen vom Sonnenuntergang weg, wurde dann scharf angehalten und schloß sich der langen Reihe andrer an, die im Schritt, den tiefroten Himmel im Rücken, die Hauptallee durchzogen. Die Stämme der mächtigen Bäume zeigten alle auf derselben Seite die rote Färbung; die Luft unter dem hohen Blätterwerk schien zu brennen – sogar noch der Boden unter den Hufen der Pferde war rot. Die Räder kreisten langsam. Die Farben des Sonnenuntergangs vergingen eine nach der andern, langsam, wie Riesenblüten, die ihre Kelche am Ende des Tages schließen. In der eine halbe Meile langen Kette sprach keine menschliche Stimme ein vernehmliches Wort, nur der leise Hufschlag war zu hören, mit dem gelegentlichen Klingeln vermischt, und die reglosen Köpfe und Schultern von Männern und Frauen, die nebeneinander saßen, ragten über die niedergelassenen Verdecke empor, wie aus Holz geschnitzt. Ein Gespann aber, das später ankam, schloß sich der Reihe nicht an.

Es flog lautlos dahin. Beim Betreten der Allee scheute einer der dunklen Braunen, bog den Hals und drückte sich schnaubend mit der Stahlkappe gegen die Deichsel. Eine Schaumflocke flog vom Gebiß gegen die seidige Schulter, und das dunkle Gesicht des Kutschers lehnte sich augenblicks vor, während die Hände in die Zügel nachgriffen. Es war ein langer, dunkelgrüner Landauer, der sich zwischen den scharfgebogenen C-Federn feierlich schwebend fortbewegte, und dessen äußerste Eleganz den Eindruck hochamtlicher Würde erweckte. Er schien geräumiger, als es sonst üblich ist, seine Pferde etwas größer, das Geschirr noch tadelloser, die Diener etwas höher auf dem Kutschbock. Die Gewänder dreier Frauen – zwei davon jung und hübsch, eine schön und voll in reifem Alter – schienen das geräumige Wageninnere ganz auszufüllen. Das vierte Gesicht war das eines Mannes mit schweren Gliedern, vornehm und hager, mit einem dicken, dunkel eisengrauen Knebel- und Schnurrbart. Seine Exzellenz...

Die schnelle Bewegung dieses einen Wagens ließ alle anderen völlig minderwertig und unansehnlich erscheinen und dazu verdammt, mühselig im Schneckentempo hinzukriechen. Der Landauer ließ die ganze Reihe in federndem Trab hinter sich. Die Umrisse der Insassen, die rasch außer Sicht glitten, hinterließen den Eindruck starrer Blicke und unbeirrter Teilnahmslosigkeit.

Kapitän Whalley hatte den Kopf gehoben, um zuzusehen, und sein Verstand, in seinen Betrachtungen gestört, wandte sich nun erstaunt, wie es der menschliche Verstand gern tut, ganz nebensächlichen Dingen zu. Es fiel ihm plötzlich ein, daß er gerade in diesen Hafen, wo er nun sein letztes Schiff verkauft hatte, mit dem ersten, das er besessen, gekommen war, den Kopf voll von dem Plan, eine neue Handelsbeziehung mit dem entfernten Teil des Archipels anzubahnen. Der damalige Gouverneur hatte ihn in jeder Weise ermutigt. Keine Exzellenz – dieser Mister Denham – dieser Gouverneur in Hemdärmeln; ein Mann, der sozusagen Nacht und Tag das schnelle Aufblühen der Niederlassung mit selbstloser Hingabe überwachte, wie eine Wärterin ein Kind, das sie liebt; ein alleinstehender Junggeselle, der mit den wenigen Dienern und seinen drei Hunden wie in einem Feldlager in dem Gebäude wohnte, das der Regierungsbungalow genannt wurde: ein Bau mit niedrigem Dach auf dem halb gerodeten Hang eines Hügels, mit einer neuen Flaggenstange davor und einer Polizeiordonnanz in der Veranda. Kapitän Whalley dachte daran, wie er in drückender Sonne zu seiner Audienz den Hügel hinaufgegangen war, dachte an den leeren Eindruck des kühlen, schattigen Raumes; der lange Tisch war an einem Ende mit Stößen von

Papieren bedeckt, am andern lagen zwei Gewehre, ein Messingfernrohr und eine kleine Ölflasche mit einer Feder darin. – Er dachte auch an die schmeichelhafte Aufmerksamkeit, die ihm der damalige Machthaber erwiesen hatte. Das Unternehmen, das auseinanderzusetzen er gekommen war, hatte seine großen Gefahren. Doch eine Unterredung von zwanzig Minuten im Regierungsbungalow hatte es glatt vom Stapel gehen lassen. Und als er sich zurückzog, rief ihm Mr. Denham, der sich schon wieder zu seinen Papieren gesetzt hatte, nach: ›Im nächsten Monat geht die *Dido* auf Kreuzfahrt in Ihre Nähe. Ich werde den Kapitän nachdrücklich auffordern, nach Ihnen zu sehen.‹ Die *Dido* war eine der schmucken Fregatten der Chinastation – und fünfunddreißig Jahre sind eine große Zeitspanne. Vor fünfunddreißig Jahren war ein Unternehmen wie das seine für die Kolonie wichtig genug, daß ein königliches Schiff geschickt wurde, um nach ihm zu sehen. Eine große Zeitspanne. Damals hatte der einzelne Mann noch seinen Wert. Männer wie er; Männer auch wie der arme Evans zum Beispiel, mit seinem roten Gesicht, seinem kohlschwarzen Backenbart und den ruhelosen Augen, der am Rande des Urwaldes, in einer einsamen Bai, drei Meilen weiter aufwärts, die erste Patenthelling zur Ausbesserung kleiner Schiffe eingerichtet hatte. Mr. Denham hatte auch dieses Unternehmen ermutigt, und doch war der arme Evans schließlich in der Heimat in traurigen Verhältnissen gestorben. Sein Sohn, hieß es, preßte Öl aus Kokosnüssen, auf irgendeinem gottverlassenen Inselchen des Indischen Ozeans, um nur leben zu können. Aus dieser Patenthelling aber, in einer einsamen, waldigen Bucht, waren die Werkstätten der Vereinigten Dockgesellschaft entstanden, mit ihren drei Trockendocks, die aus gewachsenem Fels gesprengt waren, mit ihren Werften, Hafendämmen, ihrer elektrischen Lichtanlage und dem Kesselhaus – mit ihren ungeheuren Mastenkranen, die stark genug waren, um die schwersten Gewichte zu heben, und deren Oberende wie die Spitze eines eigenartigen Denkmals über das sandige Vorland und die Waldgipfel weg zu sehen war, wenn man von Westen her in den Hafen einfuhr.

Ja, das war eine Zeit gewesen, in der die Männer etwas galten: damals gab es nicht so viele Gespanne in der Kolonie, obwohl Mr. Denham, soviel er sich erinnerte, ein Buggy gehabt hatte. Und Kapitän Whalley hatte das Gefühl, als würde er von einer geistigen Rückströmung aus der großen Allee hinausgespült. Er erinnerte sich an morastige Ufer, an einen Hafen ohne Quais, an den einzigen hölzernen Landungssteg, der von der Gemeinde errichtet war und sich wackelig ins Meer hinausstreckte. An die ersten Kohlenschuppen, die auf Monkey Point errichtet wurden, dann geheimnisvoll in Brand gerieten und tagelang glimmten, so daß die einfahrenden Schiffe zu ihrer Verwunderung in eine Reede voll von Schwefeldämpfen gerieten, über der die Sonne glutrot im Mittag hing. Er erinnerte sich an die Dinge, die Gesichter und noch etwas daneben – wie an den feinen Duft einer bis auf den Grund geleerten Schale, an ein gewisses Etwas in der Luft, das sich in der Luft dieser Tage nicht mehr vorfand.

In dieser rückschauenden Stimmung, die rasch und deutlich alle Einzelheiten hervortreten ließ, wie ein Aufblitzen von Magnesiumlicht in den Nischen einer dunklen Gedächtnishalle, betrachtete Kapitän Whalley die Dinge, die einst wichtig gewesen waren, die Anstrengungen kleiner Leute, das Wachsen eines großen Platzes, was alles nun sein Gewicht verloren hatte durch die Größe des Erreichten und die Hoffnung auf eine noch größere Zukunft; das gab ihm einen Augenblick lang eine so brennende Klarheit des Zeitbegriffs, ein solches Verständnis für unsere unveränderlichen Gefühle, daß er kurz stehen blieb, seinen Stock auf den Boden stieß und ausrief: „Was zum Teufel tue ich hier!" Er schien in Überraschung verloren; da hörte er eine klägliche Stimme einmal, zweimal seinen Namen rufen – und wandte sich langsam um.

Er sah einen Mann von altmodischem, gichtischem Aussehen gewichtig auf sich zuwatscheln, dessen Haar weiß war wie sein eigenes, dessen blühende Wangen aber glatt rasiert waren und der einen Maschenbinder trug – fast schon ein Halstuch –, dessen Stoffenden zu beiden Seiten weit vom Kinn abstanden; mit runden Beinen, runden Armen, einem runden Leib, einem runden Gesicht machte seine kurze Gestalt den Eindruck, als wäre sie mit einer Luftpumpe bis an die Grenze der Haltbarkeit seiner Kleidernähte aufgetrieben worden. Das war der Direktor des Hafenarsenals, eine höhere Art von Hafenmeister also, eine Persönlichkeit draußen im Osten, die in ihrem Machtbereich nicht ohne Bedeutung ist; ein Regierungsbeamter, über die Hafengewässer gesetzt und mit einer nicht ganz scharf umrissenen Disziplinargewalt über Seeleute aller Klassen ausgestattet. Von diesem besonderen Arsenaldirektor hieß es, daß er seine Macht als jämmerlich unvollkommen empfand, weil sie nicht die Gewalt über Tod und Leben in sich schloß. Das war eine spaßhafte Übertreibung. Kapitän Eliott war mit seiner Stellung recht zufrieden und sich der Machtfülle, die sie bot, recht wohl bewußt. Seine eitle und herrschsüchtige Gemütsart ließ nicht zu, daß sie etwa von seinen Händen unbenutzt verkümmerte. Die laute, heißblütige Offenherzigkeit seiner Auslassungen über den Charakter und die Aufführung mancher Leute machten ihn gefürchtet; wenn auch gesprächsweise manche behaupteten, ihn durchaus nicht zu scheuen, so lächelten doch andere säuerlich bei der bloßen Nennung seines Namens, und es gab sogar manche, die es wagten, ihn einen zudringlichen alten Halunken zu nennen. Doch war fast für jeden einzelnen unter ihnen allen die Aussicht, einen von Kapitän Eliotts Ausbrüchen aushalten zu müssen, so schrecklich wie etwa die völlige Vernichtung.

V

Sobald er ganz nahe herangekommen war, sagte er mit bärbeißigem Vorwurf:

„Was höre ich da, Whalley? Ist es wahr, daß du die *Fair Maid* verkaufst?"

Kapitän Whalley sah beiseite und sagte, die Sache sei abgemacht und das Geld diesen Morgen erlegt worden; und der andere drückte sofort seine Zustimmung zu diesem so ungewöhnlich vernünftigen Schritt aus. Er sei aus seinem Käfig herausgekommen, um vor dem Abendessen die Beine ein wenig gerade zu strecken, erklärte er. Sir Frederick sehe übrigens für seine Jahre noch recht gut aus. Oder nicht? Kapitän Whalley konnte darüber nichts sagen; hatte nur den vorbeifahrenden Wagen bemerkt.

Der Arsenaldirektor versenkte beide Hände in die Taschen eines leichten Röckchens, das für einen Mann seines Alters und seiner Erscheinung unangemessen kurz und eng war; mit einem leichten Hinken fiel er neben Kapitän Whalley, dem er bis an die Schultern reichte, in Schritt. Sie waren vor Jahren gute Kameraden gewesen, beinahe Busenfreunde. Zur selben Zeit, wie Whalley den berühmten *Kondor*, hatte Eliott die fast ebenso berühmte *Ringdove* für dieselben Reeder geführt; und als die Stelle eines Arsenaldirektors geschaffen wurde, wäre dafür außer ihm nur noch Whalley ernstlich in Betracht gekommen. Kapitän Whalley aber, damals in der Vollkraft seiner Jahre, war entschlossen, niemand als seinem eigenen guten Glück zu dienen. Während er weit weg seine heißen Eisen glühte, freute es ihn zu hören, daß der andere Erfolg gehabt hatte. Der aufgeblasene Ned Eliott hatte eine berechnende Schmiegsamkeit, die ihm in dieser amtlichen Stellung sehr wertvoll sein mußte. Und im Grunde waren sie so verschieden, daß es, als sie am Ende der Allee vor der Kathedrale angekommen waren, Whalley noch gar nicht eingefallen war, er selbst hätte an der Stelle dieses Mannes sein können – bis zum Ende seiner Tage versorgt.

Der heilige Bau, der in feierlicher Einsamkeit inmitten der zusammenlaufenden, von ungeheuren Baumriesen umstandenen Alleen aufragte, als wollte er ernste Gedanken des Jenseits in den Feiernden wecken, bot der Lichtflut aus dem Westen ein geschlossenes, gotisches Portal dar. Das Glasfenster in der Rosette über dem Spitzbogen glühte wie feurige Kohle aus dem marmornen Schnörkelwerk. Die beiden Männer kehrten um.

„Ich will dir sagen, was sie nun als nächstes tun sollten“, knurrte Kapitän Eliott plötzlich.

„Nun?“

„Sie sollten einen richtigen lebendigen Lord hier heraus schicken, wenn Sir Fredericks Zeit um ist, wie?“

Kapitän Whalley stellte beiläufig fest, daß er nicht einsehen könne, warum ein Lord von der richtigen Art nicht ebenso guttun sollte wie irgend sonst jemand. Das aber war nicht des andern Ansicht.

„Nein, nein. Die Stadt regiert sich selbst, nichts kann sie jetzt aufhalten. Gut genug für einen Lord", brummte er abgerissen vor sich hin. „Sieh dir die Veränderung seit unsern Tagen an. Wir brauchen hier nun einen Lord. In Bombay haben sie auch einen Lord."

Er war ein oder zweimal im Jahre im Regierungspalast geladen – einem vielfenstrigen Bau mit Arkaden, auf einem Hügel, der zum Park umgestaltet war. Kürzlich hatte er auch in der Dampfbarkasse, die ihm als Arsenaldirektor zustand, einen Herzog im Hafen herumgefahren, um die Neuerungen zu besichtigen. Vorher war er noch ›sehr liebenswürdig‹ persönlich hinausgefahren, um einen guten Liegeplatz für die herzogliche Jacht auszusuchen. Nachher wurde er an Bord zu Mittag geladen. Die Herzogin selbst saß mit bei Tisch. Eine große Frau mit einem roten Gesicht. Die Haut ganz sonnverbrannt. Ruiniert, seiner Ansicht nach. Sehr liebenswürdig. Sie fuhren nach Japan weiter ...

Diese Einzelheiten brachte er zu Kapitän Whalleys Erbauung vor, mit Pausen dazwischen, in denen er wie in gesteigertem Machtgefühl die Wangen aufblies oder die dicken Lippen vorschob, bis seine dunkelrote Nasenspitze in die Milch seines Schnurrbartes zu tauchen schien. Die Stadt regierte sich selbst; war für jeden Lord geeignet; es gab keinerlei Schwierigkeiten, außer in der Seeabteilung – in der Seeabteilung, wiederholte er zweimal und begann nach einem lauten Schnarchen zu erzählen, der Generalkonsul S. M. im französischen Cochinchina habe ihn kürzlich – in seiner amtlichen Eigenschaft – durch Kabel gebeten, einen geeigneten Kapitän für ein Glasgower Schiff hinüberzuschicken, dessen bisheriger Schiffer in Saigon gestorben war.

„Ich machte davon der Offiziersabteilung im Seemannsheim Mitteilung", fuhr er fort, während das Hinken in seinem Gang sich mit der wachsenden Erregung seiner Stimme zu steigern schien. „Die Stadt ist voll von ihnen. Zweimal soviel Leute als Plätze in der Küstenschiffahrt frei sind. Alle heißhungrig nach einem schönen Posten. Zweimal soviel – und – was glaubst du, Whalley? ..." Er brach kurz ab; man sah, wie er die Fäuste ballte und sie noch tiefer in die Taschen schob, daß diese im nächsten Augenblick bersten zu wollen schienen. Kapitän Whalley entschlüpfte ein leichter Seufzer.

„Was? Du meinst wohl, sie wären vor Hast übereinander gestolpert? Keine Rede davon. Fürchten sich heimzukehren. Ganz nett und warm hier heraußen, in einer Veranda zu liegen und auf einen Posten zu warten. Ich sitze in meinem Bureau und warte. Niemand. Was glauben die Kerle? Daß ich da wie ein Affe sitzen bleiben würde, mit dem Telegramm des Generalkonsuls vor mir? Nicht gern! So sah ich also eine Liste durch, die ich über diese Burschen habe, schickte nach Hamilton, dem schlimmsten Faulenzer unter ihnen – und brachte ihn einfach auf den Trab. Drohte ihm, ich würde den Verwalter des Seemannsheims anweisen, ihn Hals über Kopf hinauszuwerfen. Er war der Meinung, der Posten sei nicht gut genug – hast du Worte! ›Ich habe gewisse Aufzeichnungen über Sie‹, sagte ich. ›Sie sind vor achtzehn Monaten hier gelandet und haben seither keine sechs Monate gearbeitet. Nun sind Sie im Heim den ganzen Unterhalt schuldig und nehmen wohl, wie ich glaube, an, das Seeamt werde schließlich zahlen. Wie? Das werden wir auch; wenn Sie aber diese Gelegenheit nicht benutzen, so gehen Sie mit gebundener Marschroute auf dem ersten heimkehrenden Dampfer, der hier vorbeikommt, nach England zurück. Sie sind nichts andres als ein Almosenempfänger. Wir wollen keine weißen Bettler hier!‹ Damit erschreckte ich ihn. Aber denk dir doch, wieviel Ärger ich von alledem hatte."

„Du hättest gar keine Scherereien gehabt", sagte Kapitän Whalley fast wider Willen, „wenn du nach mir geschickt hättest."

Darüber freute sich Kapitän Eliott ungeheuerlich. Er schüttelte sich im Weitergehen vor Lachen. Plötzlich aber hielt er im Lachen inne. Eine dunkle Erinnerung war ihm durch den Kopf geschossen. Hatte er nicht damals, bei dem Travancore- und Dekhankrach, davon reden hören, der arme Whalley sei um alles gekommen. ›Dem Burschen geht es schlecht, beim Himmel‹, dachte er und warf gleichzeitig einen forschenden

Seitenblick zu seinem Gefährten hinauf. Kapitän Whalley aber ging ernst vor sich hin, mit einer Kopfhaltung, die bei einem völlig verarmten Mann undenkbar gewesen wäre – und der andere beruhigte sich wieder. Unmöglich; er konnte nicht alles verloren haben. Das Schiff war für ihn nur ein Steckenpferd gewesen. Und die Erwägung, daß ein Mann, der nach seinem eigenen Geständnis erst am gleichen Morgen eine doch wohl erhebliche Summe eingenommen hatte, schwerlich auf ein kleines Darlehen aus sein konnte, brachte ihn wieder völlig ins Gleichgewicht. Immerhin war eine längere Pause in ihrem Gespräch entstanden, und da er nicht wußte, wie er wieder beginnen sollte, so knurrte er bekümmert hervor: „Wir alten Knaben sollten uns nun zur Ruhe setzen."

„Für einige von uns wäre es sicher besser, auf der Brücke zu sterben", warf Kapitän Whalley nachlässig ein.

„Was denn! Komm doch – bist du der ganzen Sache immer noch nicht müde?" stieß der andere grimmig hervor.

„Und du?"

Kapitän Eliott war müde, höllisch müde. Er klebte an seinem Posten nur deshalb so lange, um sich die höchste Pension zu ersitzen, bevor er heimging. Auch die würde kaum mehr bedeuten als bittere Armut, doch würde sie eben die einzige Trennungsmauer zwischen ihm und dem Arbeitshaus darstellen. Und er hatte eine Familie. Drei Mädchen, wie Whalley ja wußte. ›Harry, der alte Junge‹, sollte nur verstehen, daß diese drei Mädchen für ihn eine Quelle unaufhörlicher Sorgen waren. Nein, man konnte verrückt werden darüber.

„Warum, was haben sie denn getan?" fragte Kapitän Whalley mit einer Art belustigter Zerstreutheit.

„Getan! Nichts getan! Das ist's ja gerade. Lawn-Tennis und dumme Romane von früh bis abends..."

Wenn wenigstens eine davon ein Junge geworden wäre! Aber alle drei! Und wie es das Unglück wollte, schien es auch keine anständigen Männer mehr auf der Welt zu geben. Wenn er sich so im Club umblicke, dann sehe er nur eine Schar eingebildeter Laffen, alle zu selbstsüchtig, als daß sie daran denken würden, eine gute Frau glücklich zu machen. Die ganze Schar zu Hause behalten zu müssen, bedeutete für ihn bittere Armut. Es war sein Lieblingsgedanke gewesen, sich ein kleines Landhaus zu bauen – in Surrey – um seine Tage darin zu beschließen; aber er fürchtete, das käme nun gar nicht mehr in Frage ... und seine Kugelaugen rollten in so ergreifender Angst nach oben, daß Kapitän Whalley mitleidig zu ihm hinunternickte, dabei aber eine verräterische Lachlust niederzukämpfen hatte.

„Du mußt ja selbst am besten wissen, wie es ist, Harry. Die Mädel machen einem eine ganze Menge Kummer und Sorgen."

„Oh! Aber meine macht sich ganz gut", sagte Kapitän Whalley langsam und sah starr die Straße entlang.

Der Arsenaldirektor freute sich, das zu hören. Freute sich ungemein. Er erinnerte sich ihrer noch gut. Ein hübsches Mädchen war sie. Kapitän Whalley ging nachlässig dahin und stimmte wie im Traume zu:

„Sie war hübsch."

Der Wagenzug wurde zusehends kleiner. Eines der Gespanne nach dem andern löste sich aus der Reihe, fuhr in scharfem Trab davon und füllte die breite Allee mit Leben und Bewegung; bald aber kehrte die Stimmung würdiger Stille wieder und nahm von der geraden und breiten Straße Besitz. Ein weißgekleideter Sais stand neben dem Kopf eines Burmaponys, das an einen schönlackierten, zweiräderigen Wagen gespannt war. Das ganze Gespann, das am Randstein wartete, erschien unter den riesigen Bäumen kaum größer als ein vergessenes Kinderspielzeug. Kapitän Eliott watschelte darauf zu und machte Miene, in den Sitz zu klettern, hielt sich aber zurück; eine Hand leicht auf die Sitzlehne gestützt, wechselte er das Thema und ging von seiner Pension, seinen Töchtern und seiner Armut wieder zu dem sonst noch einzigen Gesprächsstoff über – dem Seearsenal, den Leuten und Schiffen im Hafen.

Er fuhr fort, Beispiele davon zum besten zu geben, was alles von ihm erwartet wurde; und seine heisere Stimme klang durch die stille Luft wie das eigensinnige Gebrumm einer Riesenhummel. Kapitän Whalley wußte nicht recht, welche Kraft oder welche Schwäche ihn abhielt, „Gute Nacht“ zu sagen und davonzugehen. Es schien, als wäre er zu müde, um die Anstrengung zu wagen. Wie merkwürdig! Merkwürdiger als irgendeine von Neds Geschichten. Oder war es das überwältigende Bewußtsein der Beschäftigungslosigkeit allein, das ihn hier stehen und den Klatsch anhören ließ? Ned Eliott hatte niemals sehr ernsthafte Sorgen gehabt; und nun glaubte Whalley ganz tief verborgen, wie eingehüllt in das laute Gebrumm, etwas von der hellen, herzhaften Stimme des jungen Kapitäns der *Ringdove* zu hören. Er fragte sich erstaunt, ob er sich wohl selbst im gleichen Maße geändert habe. Und es schien ihm, als hätte sich die Stimme seines alten Kameraden nicht einmal so sehr verändert – als wäre der Mann noch derselbe. Kein übler Bursche, der gefällige, lustige Ned Eliott, freundlich, scharf im Geschäft – und immer ein wenig zum Schwindeln geneigt. Er erinnerte sich noch, wieviel Vergnügen er seiner armen Frau gemacht hatte. Sie konnte in ihm wie in einem offenen Buch lesen. Wenn der *Kondor* und die *Ringdove* zufällig zur gleichen Zeit im Hafen lagen, so bat sie ihn häufig, Kapitän Eliott zum Abendessen mitzubringen. Seit jenen alten Tagen hatten sie sich nicht allzu häufig getroffen. Vielleicht kaum einmal in fünf Jahren. Er sah unter seinen weißen Augenbrauen hervor nach diesem Mann, den er sich nicht entschließen konnte, an diesem Wendepunkt ins Vertrauen zu ziehen; und der andere fuhr mit seinen Herzensergüssen fort, weiter von seinem Zuhörer entfernt, als hätte er eine Meile weiter weg von einem Hügel herunter gesprochen.

Nun hatte er wieder einige Scherereien wegen des Dampfers *Sofala*. Schließlich mußte er doch jeden festgefahrenen Karren im Hafen wieder flottmachen. Man würde ihn schon vermissen, wenn er in weiteren achtzehn Monaten einmal nach Hause gegangen und der Posten höchstwahrscheinlich irgendeinem Marineoffizier im Ruhestand zugeschanzt sein würde – einem Mann, der nichts verstehen und sich weniger Sorgen machen würde. Der Dampfer war ein Küstenfahrer, mit einer festen Handelsverbindung nördlich bis nach Tenasserim; das Böse war, daß kein Kapitän aufzutreiben war, der die regelmäßigen Fahrten hätte machen wollen. Kein Mensch wollte auf das Schiff. Er selbst hatte natürlich nicht die Möglichkeit, einen Menschen zur Annahme dieses Postens tatsächlich zu zwingen. Auf die Bitte eines Generalkonsuls hin konnte man ja einmal ein Übriges tun, aber ...

„Was ist mit dem Schiff los?“ unterbrach Kapitän Whalley gemessen. „Gar nichts ist los. Ein fester alter Dampfer. Der Eigentümer ist heute nachmittag in meinem Kontor gewesen und hat sich die Haare gerauft.“

„Ist er ein Weißer?“ fragte Whalley angeregt.

„Er nennt sich einen Weißen“, antwortete der Arsenaldirektor grimmig. „Aber wenn er es ist, dann nur in der Haut und nicht tiefer. Das habe ich ihm heute ins Gesicht gesagt.“

„Aber wer ist er denn?“

„Er ist Maschinist des Dampfers. Verstehst du, Harry?“

„Ich verstehe“, sagte Kapitän Whalley nachdenklich. „Der Maschinist. Ich verstehe.“

Wie der Bursche dazugekommen war, gleichzeitig auch Reeder zu sein, das war eine ganze Geschichte. Er war als Dritter Offizier auf einem Schiff aus der Heimat vor etwa fünfzehn Jahren herübergekommen, wie Kapitän Eliott sich erinnerte, und nach einem bösen Krach mit seinem Ersten Offizier ausbezahlt worden. So oder so, die Leute schienen heilfroh, ihn um jeden Preis los zu sein. Offenbar ein aufsässiger Bursche. Nun, seither war er hier draußen geblieben, eine wahre Pest, ewig angeheuert und wieder ausgeschifft, unfähig, einen Posten sehr lange zu behalten; hatte wohl die Maschinenräume so ziemlich aller zur Kolonie gehörigen Schiffe durchgemacht. Dann plötzlich: „Und was glaubst du, was geschah?“

Kapitän Whalley, der aussah, als hätte er eben im stillen eine Summe zusammengezählt, fuhr leicht auf. Er konnte es sich wirklich nicht denken. Die Stimme des Arsenaldirektors bebte vor Erregung. Der Mann habe tatsächlich das Glück gehabt, den zweiten Haupttreffer in der

Manila-Lotterie zu gewinnen. Alle diese Maschinisten und Deckoffiziere spielten ja in der Lotterie. Es schien ein förmlicher Irrsinn unter ihnen.

Nun erwartete jedermann, daß er sich mit seinem Gelde nach Hause machen und nach seiner Façon zur Hölle fahren würde. Durchaus nicht. Die *Sofala*, für ihre Route zu klein und nicht modern genug befunden, war von ihren Reedern, die einen neuen Dampfer aus Europa bestellt hatten, zu einem sehr anständigen Preise zu haben. Der Mann griff schleunigst zu und kaufte sie. Er hatte nie irgendwelche Zeichen des Wahnsinns verraten, der durch den plötzlichen Besitz einer großen Geldsumme hervorgerufen werden kann, niemals – bis er ein Schiff sein eigen nannte; dann aber verlor er mit einem Schlag sein Gleichgewicht: kam lärmend in das Seeamt, um das Schiff auf seinen Namen überschreiben zu lassen, den Hut auf das linke Auge gedrückt und ein Stöckchen zwischen den Fingern wirbelnd, und sagte jedem der Beamten einzeln, daß ihn nun niemand mehr hinauswerfen könne. Die Reihe sei an ihm. Nun gäbe es auf Erden niemand mehr über ihm, und es würde auch niemand mehr geben. Er stolzierte zwischen den Tischen herum, sprach mit lauter Stimme und zitterte dabei am ganzen Leibe, so daß alle Amtsgeschäfte ruhten, solange er da war und jedermann in dem großen Raum mit offenem Munde seinem Gehaben zusah. Später konnte man ihn dann während der heißesten Tagesstunden mit feuerrotem Gesicht die Quais auf und ab rennen sehen, um sein Schiff von verschiedenen Standpunkten aus zu betrachten; er schien geneigt, jeden Fremden, der gerade des Weges kam, anzuhalten, um ihm mitzuteilen, daß ›nun niemand mehr über ihm sei; er habe ein Schiff gekauft; nun könne ihn niemand mehr auf Erden aus seinem Maschinenraum hinaussetzen.‹

Wenn der Handel auch noch so gut war, so verschlang doch der Preis der *Sofala* so ziemlich den ganzen Lotteriegewinn. Er hatte kein Betriebskapital übrigbehalten. Das machte nicht so sehr viel aus, denn es waren ja die goldenen Tage des Küstenhandels, bevor noch einige der Reedereien daran gedacht hatten, an Ort und Stelle kleine Flotten zu schaffen, um die Hauptlinien zu versorgen. Sobald diese einmal eingerichtet waren, nahmen sie natürlich die größten Stücke aus dem

Kuchen für sich weg. Und dann war bald die schöne alte Zeit für immer vorbei. Durch Jahre hatte die *Sofala* seiner Ansicht nach kaum mehr als den nackten Lebensunterhalt verdient. Kapitän Eliott hielt es für seine Pflicht, jedem englischen Schiff, soweit es anging, zu helfen; und es lag auf der Hand, daß die *Sofala*, wenn sie erst einmal aus Mangel an einem Kapitän ihre Fahrten zu versäumen begann, sehr bald ihre Handelsbeziehungen einbüßen würde. Das war nun die Schererei. Der Mann war zu unverträglich. „Von Anfang an zu sehr ein Bettler auf dem Pferd", erklärte er. „Schien mit der Zeit immer schlimmer zu werden. Während der letzten drei Jahre hat er elf Schiffer gehabt, hat es mit jedem einzelnen Menschen hier außerhalb der regulären Linien versucht. Ich hatte ihn früher schon gewarnt, daß sich das auf die Dauer nicht halten würde, und jetzt will natürlich niemand von der *Sofala* etwas wissen. Ich habe mir ein oder zwei Leute ins Amt kommen lassen und habe mit ihnen gesprochen; aber sie sagten mir alle, was es für einen Sinn haben sollte, einen Posten anzunehmen, um einen Monat lang ein rechtes Hundeleben zu führen und sich am Ende der ersten Reise vor die Tür setzen zu lassen? Der Bursche versicherte mir natürlich, das sei alles Unsinn; seit Jahren sei eine Verschwörung gegen ihn im Gange. Die sei nun ausgebrochen. Alle die verdammten Seeleute im Hafen hätten sich zusammengetan, um ihn auf die Knie zu zwingen, weil er nur ein Ingenieur sei."

Kapitän Eliott kicherte gurgelnd.

„Und die Tatsache ist die, daß er sich, wenn er noch ein paar Fahrten versäumt, gar nicht mehr die Mühe zu nehmen braucht, nochmals auszulaufen. Der wird auf seiner alten Route keine Ladung mehr finden. Heutzutage gibt es viel zuviel Wettbewerb, als daß die Leute ihre Sachen liegenlassen und auf ein Schiff warten würden, das niemals kommt, wenn es fällig ist. Die Aussichten für ihn sind nicht gut. Er schwört, daß er sich lieber an Bord einschließen und in seiner Kabine verhungern, als das Schiff verkaufen wolle – selbst wenn er einen Käufer finden würde. Und das ist durchaus nicht wahrscheinlich. Nicht einmal die Japaner würden die Versicherungssumme dafür geben. Es ist nicht wie mit dem Verkauf von Segelschiffen. Dampfer werden eben nicht nur alt, sondern vor allem unmodern."

„Er muß sich aber doch ein schönes Stück Geld zurückgelegt haben", meinte Kapitän Whalley ruhig.

Der Arsenaldirektor blies seine dunkelroten Wangen zu erstaunlichem Umfang auf.

„Keinen Pfifferling, Harry, keinen – einzigen – Pfifferling."

Er wartete; als aber Kapitän Whalley langsam seinen Bart strich und vor sich auf den Boden sah, ohne ein Wort zu reden, da tippte er ihn, auf die Fußspitzen gereckt, auf den Arm und krächzte flüsternd:

„Die Manila-Lotterie hat ihn aufgefressen."

Dann zog er eine Grimasse und nickte wiederholt mit dem Kopf. Sie alle spielten; ein Drittel der Gehälter, die an Schiffsoffiziere (›in meinem Hafen‹, schnarrte er) gezahlt wurden, gingen nach Manila. Es war wie ein Irrsinn. Der Bursche Massy war davon ganz am Anfang gepackt worden, wie die andern auch; nachdem er aber erst einmal gewonnen hatte, schien er überzeugt zu sein, er brauchte es nur noch einmal zu versuchen, um noch einen Haupttreffer zu machen. Seither hatte er für jede Ziehung Dutzende und aber Dutzende von Losen gekauft. Infolge dieses Lasters und seiner geschäftlichen Unkenntnis war er seit dem Kauf des Dampfers in ständiger Geldverlegenheit gewesen.

Dies war nach Kapitän Eliotts Meinung eine Gelegenheit für einen vernünftigen Seemann mit ein paar Pfund in der Tasche, herzugehen und den Narren vor den Folgen seiner Narrheit zu retten. Es war seine Schrulle, mit seinen Kapitänen Streit zu suchen. Er hatte ein paar wirklich tüchtige Leute gehabt, die nur zu gern geblieben wären, hätte er sie bloß gelassen. Aber nein. Er schien zu glauben, daß er nicht der Reeder sei, wenn er nicht frühmorgens jemand hinauswarf und abends mit dem Neuen einen Streit hatte. Was er brauchte, das war ein Schiffer, der sich mit ein paar hundert Pfund an dem Schiff beteiligen würde. Man entläßt keinen Menschen ohne Grund, einfach nur des Spaßes halber, ihm sagen zu können, er solle seinen Kram packen und sich an Land scheren, wenn man weiß, daß man dann seinen Anteil auszuzahlen hat. Andrerseits ist es nicht wahrscheinlich, daß ein Mensch, der am Schiff beteiligt ist, im Zorn wegen eines Nichts seinen Posten aufgeben würde. Er habe das Massy gesagt, habe gesagt: „›Das geht nicht, Herr Massy. Wir im Seeamt sind Ihrer ziemlich überdrüssig. Nun bleibt Ihnen nichts, als einen Seemann als Teilhaber zu finden. Das scheint mir der einzige Weg.‹ Und das war kein schlechter Rat, Harry."

Kapitän Whalley stand reglos auf seinen Stock gestützt, seine Hand, die den Bart hatte streichen wollen, war zu festem Griff angehalten worden. – Und was habe der Bursche dazu gesagt? Der Bursche habe die Frechheit gehabt, auf den Arsenaldirektor loszufahren. Er habe den Rat in unverschämtester Weise aufgenommen. „Ich bin nicht hierher gekommen, um mich auslachen zu lassen", habe er gebrüllt. „Ich wende mich an Sie als Engländer und Reeder, der durch eine ungesetzliche Verschwörung Ihrer verdammten Seeleute an den Rand des Ruins gebracht worden ist – und alles, was Sie sich herbeilassen, für mich zu tun, ist, daß Sie mir sagen, ich sollte mir einen Teilhaber suchen..." Der Bursche habe sich nicht entblödet, vor Wut auf den Boden des Privatkontors zu stampfen. Wo sollte er einen Teilhaber hernehmen? Hielt man ihn zum Narren? Kein einziger von der verwünschten Horde dort im ›Heim‹ habe auch nur ein Zweipencestück in der Tasche. Das wußte noch der letzte der Eingeborenendiebe in den Bazars... „Und es stimmt ja allerdings, Harry", brummte Kapitän Eliott nachdenklich. „Bei jedem einzelnen von ihnen ist es eher wahrscheinlich, daß er einem der Chinesen in Denham Road für die Kleider am Leibe Geld schuldet. ›Nun‹, sagte ich, ›Sie machen für meinen Geschmack zuviel Lärm deswegen, Herr Massy. Guten Morgen.‹ Er schlug die Tür hinter sich zu; er wagte es, meine Tür zuzuschlagen. Gott strafe seine Frechheit!"

Das Oberhaupt der Seeabteilung war atemlos vor Entrüstung. Dann sammelte er sich wieder: „Bei alledem werde ich noch zu spät zu Tisch kommen... schwätze da mit dir... die Frau hat es nicht gern."

Er kletterte schwerfällig in den Sitz, lehnte sich dann seitlich vor und begann sich dabei erst mit etwas gemachter Herzlichkeit zu erkundigen, was denn wohl in aller Welt Kapitän Whalley in letzter Zeit angefangen habe. Sie hätten sich ja Jahre und Jahre nicht gesehen, bis da neulich, wo Whalley so unerwartet im Amt aufgetaucht sei. Was in aller Welt...

Kapitän Whalley schien still vor sich in seinen weißen Bart hineinzulächeln.

„Die Erde ist groß", sagte er obenhin.

Der andere starrte von seinem Wagensitz rings in die Runde, als wollte er die Behauptung prüfen. Die Esplanade lag ganz still. Nur von weit, ganz weit weg, weit an der Küste hinauf, kam über die weiten Rasenflächen und die langen Baumreihen weg das schwache Tuten des Straßenbahnwagens, der eben von dem leeren Säulenvorbau der öffentlichen Bücherei abfuhr, um die drei Meilen bis zu den neuen Hafendocks zu durchlaufen.

„Scheint doch nicht gar so viel Raum darin zu sein", knurrte der Arsenaldirektor, „da diese Deutschen sich uns auf Schritt und Tritt in den Weg stellen. Das war zu unserer Zeit nicht so." Er verfiel in tiefes Sinnen und atmete dabei geräuschvoll, als schlummerte er mit offenen Augen. Vielleicht hatte auch er in der schweigsamen, pilgerhaften Gestalt, die still wie ein rastender Wanderer neben dem Rade stand, verschwommen die Stimme des jungen *Kondor*-Kapitäns entdeckt. Guter Junge – Harry Whalley – niemals sehr gesprächig. Man wußte nie, wo er hinauswollte – gern ein bißchen großartig gegen einflußreiche Leute und geneigt, manche Andeutung falsch aufzufassen. Hatte wohl eine zu hohe Meinung von sich selbst. Er hätte ihn gern aufgefordert, einzusteigen und mit zum Abendessen zu fahren. Aber man wußte ja nie... die Frau hatte es vielleicht nicht gern.

„Und es ist spaßig zu denken, Harry", fuhr er mit seinem tiefen, halblauten Gebrumm fort, „daß von all den Leuten nur du und ich übrig sein sollen, um uns an dieses Stück Welt erinnern zu können, wie es einmal war..." Er schien bereit, sich einer weichen Stimmung hinzugeben; doch da fuhr es ihm plötzlich durch den Kopf, daß Kapitän Whalley immer noch ohne eine Regung und ohne ein Wort dastand, etwas zu erwarten schien, vielleicht damit rechnete... Er zog sofort die Zügel an und bellte mit gemachter Herzlichkeit: „Ja, mein lieber Junge, die Männer, die wir gekannt – die Schiffe, die wir gesegelt, ach ja, und die Dinge, die wir getan haben..." Das Pony sprang an, der Sais machte einen Satz zur Seite. Kapitän Whalley hob den Arm.

„Leb wohl."

VI

Die Sonne war untergegangen. Und als Kapitän Whalley, nachdem er mit seinem Stock ein tiefes Loch in den Sand gebohrt hatte, sich zum Weitergehen anschickte, hatte die Nacht ihre Schattenheere unter den Bäumen versammelt. Sie erfüllten die östlichen Enden der Alleen, als warteten sie nur auf das Signal für einen allgemeinen Vormarsch über die offenen Räume der Welt; sie sammelten sich auch tief unten, zwischen den von Mauern eingefaßten Ufern des Kanals. Die malaiische Prau, unter den Bogen der Brücke halb verborgen, hatte ihre Lage um keinen Viertelzoll verändert. Kapitän Whalley starrte lange über die Brüstung hinunter, bis ihm schließlich das unbewegliche Schwimmen des verhüllten Dings dort unten unheimlich und unfaßbar erschien. Das letzte Zwielicht verging am Himmel; sein Widerschein verließ die Welt, und die Wasser des Kanals schienen zu flüssigem Pech zu werden. Kapitän Whalley ging weiter.

Die Stelle, wo er auf dem Wege zum Hotel rechts abbiegen mußte, lag wenige Schritte entfernt. Er blieb abermals stehen (alle die Häuser auf der Seeseite waren verschlossen, die Quais verlassen, bis auf ein oder zwei Eingeborene, die man in der Ferne dahingehen sah) und begann den Betrag seiner Rechnung zusammenzuzählen. Soundso viel Tage im Hotel, und soundso viel Pfund für den Tag. Um die Tage zu zählen, benutzte er seine Finger; die andere Hand hielt er in der Tasche und klapperte darin mit einigen Silbermünzen. Das ging noch für drei Tage; und dann mußte er, wenn sich nichts ergab, die Fünfhundert angreifen – Ivys Geld, das in ihrem Vater angelegt war. Ihm schien es, als würde er an der ersten Mahlzeit, die von diesem Notpfennig bezahlt werden würde, ersticken müssen – unweigerlich. Vernunft hatte dabei nichts zu sagen. Es war eine Gefühlsfrage. Seine Gefühle hatten ihn nie betrogen.

Er bog nicht nach rechts ab. Er ging weiter, als gäbe es noch immer ein Schiff auf der Reede, zu dem er sich des Abends hinausrudern lassen konnte. Weiter weg, jenseits der Häuser, auf dem Abhang des indigoblauen Vorgebirges, das die Aussicht über die Quais abschloß, schickte die schlanke Säule eines Fabrikschornsteins ruhig und gerade ihre Rauchwolken in die klare Luft hinauf. Ein Chinese, der zusammengekauert im Heck eines der Sampans saß, die am Ende des Quais tanzten, bemerkte eine winkende Hand. Er sprang auf, rollte schnell seinen Zopf um den Kopf, zog sich mit zwei raschen Bewegungen seine weiten, dunklen Hosen hoch über die gelben Hüften und brachte mit einer einzigen, lautlosen, flossenartigen Bewegung der Ruder den Sampan längsseits der Stufen, mit der Leichtigkeit und Genauigkeit eines schwimmenden Fisches.

„*Sofala*", sagte Kapitän Whalley von oben; und der Chinese, wohl eben erst zugewandert, sah mit gespannter Aufmerksamkeit hinauf, als wartete er darauf, das merkwürdige Wort sichtbar von des weißen Mannes Lippen fallen zu sehen. "*Sofala*", wiederholte Kapitän Whalley, und plötzlich sank ihm der Mut. Er zögerte. Die Ufer, die Eilande, die Hügel, wie auch die Küstenvorsprünge lagen im Dunkeln; der Horizont hatte sich ganz in Nacht getaucht. Gegen Osten zu, die Küste hinauf, sah man den weißen Obelisken, der den Landungsplatz des Überseekabels bezeichnete, wie ein bleiches Gespenst vor dem Gewimmel ungleicher Dächer und den Palmen des Eingeborenenviertels stehen. Kapitän Whalley begann nochmals:

„ *Sofala*. Sabeh, *Sofala*, John!"

Diesmal erfaßte der Chinese den merkwürdigen Laut und grunzte tief drinnen in seiner nackten Kehle eine rauhe Bejahung. Mit dem ersten gelben Aufglitzern eines Sternes, der wie ein Stecknadelkopf auf der glatten, blaß blau glänzenden Himmelsdecke erschien, strich ein kühler

Schauer durch die warme Luft des Landes. Im Augenblick, als er in den Sampan stieg, um hinzufahren und sich um das Kommando der *Sofala* zu bewerben, fröstelte Kapitän Whalley ein wenig.

Als er bei der Rückkehr wieder am Quai anlegte, warf Venus einen feinen goldenen Schein hinter ihm her über die Reede, die glatt wie ein Fußboden aus dunklem, glänzendem Stein dalag. Das luftige Gewölbe der Alleen war schwarz, tief schwarz, und die Porzellankugeln auf den Lampenpfosten glichen ungeheuren, leuchtenden, eiförmigen Perlen, in einer Reihe aufgestellt, die gegen Ende tiefer und tiefer und schließlich bis in Kniehöhe zu sinken schien. Er legte die Hände auf den Rücken. Er wollte nun in aller Ruhe die Vorteile der Sache erwägen, bevor er morgen das endgültige Wort sprach. Seine Füße knirschten laut im Kies – die Vorteile der Sache. Die wären wohl leichter abzuschätzen gewesen, hätte: es die Möglichkeit einer Wahl gegeben. Die Ehrenhaftigkeit stand allerdings außer Frage. Er wollte dem Burschen nichts Böses; und von Zeit zu Zeit sprang sein Schatten jäh neben ihm an den Stämmen der Bäume hoch, um sich dann wieder schräg und schmal weit über die Rasenfläche zu erstrecken – immer im gleichen Schritt mit ihm selbst.

Die Vorteile. Gab es eine Wahl? Er schien bereits etwas von sich selbst eingebüßt, einem hungrigen Gespenst etwas von seiner Offenheit und Würde abgegeben zu haben, um weiterleben zu können. Aber sein Leben war notwendig. Mochte die Armut ihren bittersten Stachel fühlen lassen, indem sie solche Demütigungen bescherte. Es war gewiß, daß Ned Eliott ihm, ohne es zu wissen, einen Dienst erwiesen hatte, um den er ihn unmöglich hätte bitten können. Er hoffte, Ned würde keinen zweideutigen Beweggrund in seiner Handlungsweise suchen. Er nahm an, daß er ihn nun, wenn er davon hörte, verstehen – oder vielleicht Whalley für einen überspannten Narren halten würde. Was für einen Zweck hätte es haben können, ihm die Wahrheit zu sagen, ihm oder etwa diesem Menschen Massy? Fünfhundert Pfund flüssig zu einer Anlage. Mochte er das nach Kräften ausnützen. Mochte er sich auch wundern. Sie wünschen einen Kapitän – ich wünsche ein Schiff. Das ist genug. B-r-r-r! Was für einen unangenehmen Eindruck der leere, dunkle, widerhallende Dampfer ihm gemacht hatte ...

Ein aufgelegter Dampfer war ein totes Ding, darüber gab es keinen Irrtum; ein Segelschiff scheint doch immer bereit, mit jedem Hauch aus dem Himmelsgewölbe ins Leben zurückzuspringen; ein Dampfer aber, dachte Kapitän Whalley, mit gelöschten Feuern, ohne die warmen Luftzüge, die einen noch auf Deck erreichen, ohne das Zischen von Dampf, das Klirren von Eisen aus dem Innern – liegt kalt, still und ohne Puls da, wie ein Leichnam.

In der Einsamkeit der Allee, die oben ganz schwarz und unten im Lichtschein dalag, kam Kapitän Whalley, während er die Vorteile der neuen Stellung erwog, wie zufällig auch der Gedanke an den Tod. Er schob ihn mit Widerwillen und Verachtung beiseite. Er lachte beinahe darüber und bedachte frohlockend, in der unbeugsamen Lebenskraft seiner Jahre, wie wenig er zum Leben brauchte. Keine üble Kapitalanlage für die arme Frau, dieser rüstige Leib ihres Vaters. Und im übrigen sollte für alle Fälle die Abmachung klar sein, die ganzen Fünfhundert mußten der Tochter innerhalb dreier Monate zurückgezahlt werden. Zur Gänze. Jeder Penny. Er dachte nicht daran, einen Penny ihres Geldes zu verlieren, was immer auch sonst wohl dahingehen mochte – ein wenig Würde – ein wenig von seiner Selbstachtung. Nie zuvor hatte er es jemand gestattet, von ihm selbst einen falschen Eindruck zu erhalten. Nun, mochte es hingehen. Er lachte ein wenig über diese innerliche Verachtung für seine weltliche Klugheit. Selbstverständlich wäre es einem solchen Burschen gegenüber und angesichts der besonderen Beziehung, in der sie stehen sollten, unangebracht gewesen, alles auszuplaudern. Ihm gefiel der Mensch nicht, seine einfältige, leere Geschwätzigkeit sowenig wie die Ausbrüche der Verbitterung. Alles in allem – ein armer Teufel. Er hätte nicht an seiner Stelle sein mögen. Die Menschen waren ja schließlich nicht böse. Aber ihm gefiel das schlichte Haar nicht, die merkwürdige Art, sozusagen im rechten Winkel dazustehen, die Nase in der Luft, und den Blick über die Schulter weg auf einen gerichtet. Nein. Im ganzen genommen waren die Menschen nicht böse, sie waren nur töricht oder unglücklich.

Kapitän Whalley hatte aufgehört, die Vorteile dieses Schrittes zu erwägen – und die ganze lange Nacht lag vor ihm. Im vollen Licht glänzte sein langer Bart wie ein silbernes Brustschild über seinem Herzen. Im Zwischenraum, zwischen den Lampen, hob sich seine mächtige Gestalt weniger deutlich ab und verschwamm riesengroß, wandernd, geheimnisvoll mit der Umgebung. Nein, es gab nicht viel wirklich Böses im Menschen: und die ganze Zeit über hielt ein Schatten mit ihm Schritt, zu seiner Linken dahingleitend – was im Osten von übler Vorbedeutung ist.

***

„Kannst du die Palmengruppe noch nicht ausnehmen, Serang“, fragte Kapitän Whalley von seinem Lehnstuhl auf der Brücke der *Sofala* aus, während er sich der Bank von Batu-Beru näherte.

„Nein, Tuan. Bald sehen.“ Der alte Malaie, in einem Gewand aus grobem, blauem Baumwollstoff, stand auf knochigen, dunklen Füßen unter dem Sonnensegel der Brücke, hielt die Hände auf dem Rücken und starrte zwischen den zahllosen Fältchen um die Augenwinkel hervor geradeaus.

Kapitän Whalley saß still und hob den Kopf nicht, um etwa selbst einen Blick zu tun. Drei Jahre – sechsunddreißigmal. Er hatte diese Palmen sechsunddreißigmal vom Süden her angesteuert. Sie würden im rechten Augenblick in Sicht kommen. Gott sei Dank machte das alte Schiff seine Fahrten und Zwischenstationen ein ums andere Mal pünktlich auf den Glockenschlag. Schließlich murmelte er abermals: „Noch nicht in Sicht?“

„Die Sonne glänzt sehr stark, Tuan,“

„Paß gut auf, Serang.“

„Jawohl, Tuan.“

Ein weißer Mann war lautlos die Leiter vom Deck heraufgestiegen und hatte der kurzen Unterredung stumm gelauscht. Nun trat er auf die Brücke heraus, begann sie vom einen Ende zum anderen abzuschreiten und hielt dabei das lange Weichselrohr einer Pfeife in der Hand. Sein schwarzes Haar war in langen, dünnen Strähnen glatt auf dem kahlen Scheitel angepickt; er hatte buschige Brauen, eine gelbe Hautfarbe und eine dicke, unförmige Nase. Ein spärlicher Backenbart verbarg nicht die Umrisse seiner Wangen. Er sah übellaunig und lauernd aus; und während er an dem gekrümmten, schwarzen Mundstück sog, bot sein schweres Profil ein so unangenehmes Bild, daß sogar der Serang sich einiger stiller Betrachtungen darüber nicht erwehren konnte, wie äußerst unvorteilhaft weiße Männer doch mitunter aussehen können.

Kapitän Whalley schien sich in seinem Stuhl straffer zu setzen, nahm aber im übrigen von der Gegenwart des andern keinerlei Notiz. Der stieß Rauchwolken aus und meinte dann plötzlich:

„Mir ist Ihre neue Manie ganz unverständlich, den Malaien da immer wie Ihren Schatten um sich zu haben, Partner."

Kapitän Whalley erhob sich in seiner ganzen, achtunggebietenden Größe, ging zum Fernrohr hinüber und hielt dabei den Kurs so unverrückbar ein, daß der andere schleunigst aus dem Wege gehen mußte und wie eingeschüchtert stehenblieb, wobei die Pfeife in seiner Hand zitterte. „Mich vielleicht gleich über den Haufen rennen", murmelte er verblüfft und empört. Dann sagte er langsam und betont:

„Ich – bin – nicht – Schmutz", und fügte trotzig hinzu, „wie Sie zu glauben scheinen."

Der Serang rief aus:

„Sehe die Palmen jetzt, Tuan."

Kapitän Whalley trat an die Reling vor; anstatt aber mit dem sicheren, kühnen Blick eines Seemanns gerade nach dem Punkt hinzublicken, wanderten seine Augen unentschlossen im Raum umher, als hätte er, der Entdecker neuer Seewege, in diesem engen Meere seinen Weg verloren.

Noch ein weißer Mann, der Erste Offizier, kam auf die Brücke herauf. Er war schlank, jung, hager, mit einem Soldatenschnauzbart und einem etwas tückischen Blick. Er stellte sich in die Nähe des Ingenieurs. Kapitän Whalley kehrte ihm den Rücken zu und fragte: „Was zeigt das Log?"

„Fünfundachtzig", gab der Erste schnell zurück und stieß dabei den Ingenieur mit dem Ellbogen an.

Kapitän Whalleys muskulöse Hände umpreßten die Eisenreling mit ungewöhnlicher Kraft; seine Augen glänzten von der furchtbaren Anstrengung; er runzelte die Brauen, der Schweiß rann ihm unter dem Hut hervor, und er murmelte mit schwacher Stimme: „Stütze das Ruder, Serang – wenn Kurs anliegt."

Der schweigsame Malaie trat zurück, wartete einen Augenblick und gab dann mit ausgestrecktem Arm dem Rudersmann ein Zeichen. Das Rad wirbelte hastig herum, um das Abfallen des Schiffes zu stoppen. Wieder stieß der Erste Offizier den Ingenieur an. Massy aber wandte sich ihm zu und sagte heftig:

„Herr Sterne, lassen Sie mich Ihnen – als Reeder – sagen, daß Sie nichts weiter sind, als ein verdammter Narr."

VII

Sterne ging schmunzelnd und augenscheinlich durchaus unberührt davon, der Ingenieur Massy aber blieb auf der Brücke und lief, wie zur Selbstbestätigung, auf und ab, wobei er sich aber nicht recht wohl fühlte. Jeder Mann an Bord war sein Untergebener – jeder Mann, ohne Ausnahme. Er zahlte ihnen die Gehälter und fand Arbeit für sie. Sie aßen mehr von seinem Brot und steckten mehr von seinem Geld ein, als sie wert waren; und sie brauchten sich um nichts in der Welt zu kümmern, während er allen den Schwierigkeiten der Reederei die Stirn zu bieten hatte. Wenn er seine Lage in ihrem ganzen bedrohlichen Umfang überblickte, so schien es ihm, als wäre er durch Jahre die Beute einer Schmarotzerbande gewesen; und durch Jahre hatte er jeden einzelnen, der mit der *Sofala* in Verbindung stand, gelästert, mit Ausnahme vielleicht der chinesischen Heizer, die tatsächlich dazu halfen, das Schiff vorwärtszubringen. Ihr Nutzen war offensichtlich: sie waren ein unentbehrlicher Teil der Maschinerie, deren Gebieter er war.

Wenn er sein Deck entlangschritt, rannte er die Leute, die ihm in den Weg kamen, rücksichtslos an; die malaiischen Matrosen aber hatten es gelernt, ihm auszuweichen. Er hatte sich schließlich dazu bequemen müssen, sie zu dulden, im Hinblick auf die notwendige Handarbeit, die auf dem Schiff getan werden mußte. Er mußte sich den Kopf zerbrechen, rechnen und tüfteln, um die *Sofala* flott zu erhalten – und was hatte er davon? Nicht einmal genügend Respekt. Darin hätten sie ihm nie Genüge tun können, und wären auch alle ihre Gedanken und alle ihre Handlungen darauf gerichtet gewesen. Die Eitelkeit des Besitzers, das überhebliche Machtgefühl, hatten ihn schon verlassen, und es waren nur die Geldsorgen geblieben, die Angst, diese Stellung zu verlieren, die sich doch als kaum beneidenswert erwiesen hatte, und eine Angst vor den Gedanken, für die ihn keine noch so kriechende Dienstfertigkeit anderer entschädigen konnte.

Er ging auf und ab. Die Brücke gehörte ja schließlich ihm. Er hatte dafür bezahlt; und dann und wann blieb er mit dem Pfeifenrohr in der Hand kurz stehen, als horchte er mit gespanntester Aufmerksamkeit auf den dumpfen Gang der Maschinen (seiner eigenen Maschinen), auf das leichte Knirschen der Steuerketten und das stete, leise Plätschern des Wassers längsseits. Wären diese Geräusche nicht gewesen, so hätte man meinen mögen, das Schiff läge still, an einer Bank festgemacht, von jeder lebenden Seele verlassen; nur die Küste, die niedrige Küste, aus Schlamm und Mangroven, mit der Gruppe der drei Palmen weiter hinten, hob sich langsam, in gerader Linie, deutlich hervor, ohne ein einziges Merkmal, das die Aufmerksamkeit hätte fesseln können. Die eingeborenen Passagiere der *Sofala* lagen auf Matten unter dem Sonnensegel herum; die Rauchfahne aus dem Schornstein schien das einzige Anzeichen, daß noch Leben auf dem Schiff war, und geheimnisvoll mit seinem Hingleiten verbunden.

Kapitän Whalley stand aufrecht, ein Fernglas in der Hand und den kleinen malaiischen Serang neben sich, wie ein alter Riese, von einem Zwerg bedient, und führte das Schiff über die Untiefe an der Bank.

Diese unterseeische Bank aus Schlamm, der von der Strömung von dem weichen Grund des Flusses mitgeführt und auf dem harten Meeresgrund angeschwemmt wurde, war schwer zu überqueren. Die Alluvialküste bot keinerlei Merkmale, und so mußte die genaue Lage der Durchfahrt nach der Form der Gebirge im Landesinnern bestimmt werden. Ein Kennzeichen bildete ein Gipfel, der abgeplattet, mit zackigen Rändern, einem Backenzahn glich; ein anderes, eine tiefe Einsattelung, und nach beiden mußte unter dem wolkenlosen, strahlenden Himmel gesucht werden, in einem Licht, das wie ein trockener Feuernebel die Luft zu erfüllen und vom Wasser aufzusteigen schien, das die Entfernung verhüllte und die Augen blendete. In diesem grellen Licht war fast nur die Uferkante zu sehen, die ganz dunkel gegen den Opalglanz stand. Dreißig Meilen weiter weg erstreckte sich das eigentliche Landesinnere gegen den Horizont, in Umrissen, die in vielerlei Blau abgetönt waren; die einzelnen Arme der Mündung tauchten glänzend weiß auf, wie silberner Zierat auf dem Mangrovendunkel der Küste.

Vorn auf der Brücke tauschten der Riese und der Zwerg häufig halblaute Bemerkungen. Seitlich hinter ihnen stand Massy mit einem Ausdruck von Geringschätzung und Spannung im Gesicht. Seine Kugelaugen waren vollkommen reglos, und er schien die lange Pfeife, die er in der Hand hielt, vergessen zu haben.

Auf dem Vordeck, unterhalb der Brücke, war ein Matrose, ein junger Laskar über die Reling hinausgeklettert. Er befestigte mit raschen Griffen einen breiten Gurt aus Segeltuch unter seinen Armen, stemmte sich mit der Brust dagegen und lehnte sich weit über das Wasser hinaus. Die Ärmel seines dünnen Baumwollhemdes waren knapp an den Schultern abgeschnitten und ließen seinen braunen Arm frei, der voll und rund war, mit seidenweicher Haut, wie der einer Frau. Nun schwang er ihn gestreckt im Kreise, mit der drohenden Bewegung eines Schleuderers: das Vierzehnpfundgewicht beschrieb einen Kreis in der Luft und flog dann plötzlich bis über den Bug hinaus vor. Die nasse, dünne Leine zischte mit einem Laut wie gekratzte Seide durch die dunklen Finger des Mannes, und das Aufklatschen des Bleilots nahe an der Schiffswand schlug eine silberige, schnellvergehende Wunde in die goldene Glätte; dann verkündete nach einer kurzen Pause die Stimme des jungen Malaien laut und langgezogen in den Worten seiner eigenen Sprache die Wassertiefe.

„Tiga stengah", rief er nach jedem Aufklatschen und holte dabei die Leine hastig zu einem neuen Wurf ein. „Tiga stengah", was soviel hieß wie dreiundeinhalb Faden. Von einem Punkt etwa eine Meile weit in See war bis zu der Bank eine gleichbleibende Wassertiefe. „Halb drei, halb drei, halb drei" – und sein wohltönender Ruf, immer wiederholt, schien im Sonnenschein davonzutreiben und sich im Raum der schweigenden See und des leblosen Ufers zu verlieren, der offen war, nach Nord und Süd, nach Ost und West, ohne den kleinsten Wolkenschatten, ohne den geringsten Laut.

Der Reeder-Ingenieur der *Sofala* stand reglos hinter den zwei Seeleuten von verschiedener Rasse, Herkunft und Farbe; dem Europäer, der mit der ganzen Macht seines alten Körpers der Zeit zu trotzen schien, und dem kleinen Malaien, auch alt, doch dürr und verschrumpelt wie ein welkes Blatt, das ein Zufallswind in den mächtigen Schatten des anderen geblasen hatte. Da sie so gespannt nach dem Lande ausschauten, hatten sie für nichts sonst einen Blick übrig; und Massy, der ihnen von hinten her zusah, schien ihren Diensteifer peinlich zu empfinden, wie eine persönliche Spitze gegen sich.

Das war unvernünftig; doch er hatte durch Jahre in seiner eigenen Welt voll unvernünftiger Bitterkeiten gelebt. Schließlich strich er sich mit der feuchten Hand über die spärlichen Haarsträhnen auf dem gelben Kopf und begann langsam zu sprechen:

„Einen Mann am Lot, den brauchen Sie! Das ist wohl Ihr korrekter Dampferstil. Sind Sie nicht selber schlau genug, um sagen zu können, wo Sie sind, einfach durch einen Blick auf die Küste? Nun, bevor ich zwölf Monate bei dem Geschäft war, hatte ich den Trick schon heraus – und ich bin nur ein Ingenieur. Ich kann Ihnen von hier aus zeigen, wo die Bank ist, und könnte Ihnen überdies noch sagen, daß Sie das Schiff aller Wahrscheinlichkeit nach innerhalb der nächsten fünf Minuten auf Grund setzen werden; aber Sie würden das Einmischung nennen, nehme ich an. Und da gibt es ja unsere schriftliche Abmachung, daß ich mich nicht einmischen darf!“

Seine Stimme brach ab. Kapitän Whalley bewegte, ohne die strengen Züge zu entspannen, die Lippen zu der halblauten Frage:

„Wie nahe, Serang?“

„Sehr nahe jetzt, Tuan“, murmelte der Malaie hastig.

„Ganz langsam“, sagte der Kapitän laut, mit fester Stimme.

Der Serang rückte den Hebel des Maschinentelegraphen. Unten erklang ein Gong. Massy ging mit einem verächtlichen Schnauben davon und steckte den Kopf in das Oberlichtfenster zum Maschinenraum.

„Sie können sich auf ein närrisches Getue mit den Maschinen gefaßt machen, Jack“, bellte er. Der Raum, in den er hinuntersah, war tief und düster; und das graue Schimmern von Stahl dort unten wirkte kühl nach dem grellen Glanz der See rings um das Schiff. Die Luft allerdings schlug einem heiß und stickig ins Gesicht. Ein kurzer Schrei, der kaum zu deuten schien, hallte aus der Tiefe herauf. Das war die Art, in der der Zweite Ingenieur seinem Vorgesetzten antwortete.

Er war ein älterer Mann von nachlässigem Benehmen und augenscheinlich so sehr in der schweigsamen Sorge um seine Maschinen befangen, daß er darüber die Sprache verloren hatte. Wenn man ihn unmittelbar anredete, so war seine einzige Antwort, je nach der Entfernung, ein Knurren oder ein Schrei. Während all der vielen Jahre, die er auf der *Sofala* zugebracht, hatte man ihn nie auch nur ein lautes „Guten Morgen“ mit einem seiner Schiffskameraden wechseln hören. Er schien es nicht zu merken, daß Leute kamen und in die Welt hinausgingen; er schien sie überhaupt nicht zu sehen. Tatsächlich schien er seine Schiffskameraden an Land nie zu kennen. Bei Tisch (die vier Weißen der *Sofala* speisten gemeinsam) saß er da und blickte teilnahmslos auf seinen Teller; gegen Ende der Mahlzeit aber sprang er auf und stürzte hinunter, wie in der plötzlichen Befürchtung, man könnte ihm während des Essens die Maschinen gestohlen haben. Am Ende der Reise ging er im Hafen regelmäßig an Land, doch wußte niemand, wo und auf welche Weise er seine Abende zubrachte. Unter den Leuten der Küstenfahrer lief immer noch ein wildes und unbestimmtes Gerücht um von seiner Liebschaft mit der Frau eines Sergeanten in einem irischen Infanterieregiment. Das Regiment aber hatte seine Garnisonzeit dort draußen schon vor Jahren abgedient und war irgendwohin auf die andere Hälfte der Erdkugel versetzt worden, weiter weg, als das Wissen der Menschen reichte. Zweimal oder vielleicht dreimal im Jahre pflegte er zuviel zu trinken. Bei diesen Gelegenheiten kehrte er früher als gewöhnlich an Bord zurück, rannte über das Deck, wobei er sich mit ausgespreizten Armen, wie ein Seiltänzer, im Gleichgewicht hielt, schloß sich dann in seiner Kajüte ein und redete und schimpfte die ganze lange Nacht in allen Tönen vor sich hin; Wut, Hohn und Wehklagen wechselten unerschöpflich miteinander ab. Massy, der Wand an Wand mit ihm schlief, pflegte sich in seiner Koje auf den Ellbogen aufzurichten und entdeckte dann, daß sein Zweiter Offizier den Namen jedes Weißen behalten hatte, der durch Jahre und Jahre auf der *Sofala* Dienst getan hatte. Er erinnerte sich an die Namen von Leuten, die gestorben, die nach Hause oder nach Amerika gegangen waren; er erinnerte sich während seiner Räusche an die Namen von Männern, deren Verbindung mit dem Schiff so kurz gewesen war, daß Massy selbst die näheren Umstände vergessen hatte und sich eben noch an die Gesichter erinnern konnte. Die trunkene Stimme jenseits des Schotts ergoß über sie alle eine ungewöhnliche Flut giftiger und lästerlicher Verleumdungen. Scheinbar hatten sie alle ihn auf irgendeine Weise beleidigt, und zum Lohn dafür war er ihnen allen hinter die Schliche gekommen. Er murmelte finster; er lachte höhnisch; er zermalmte sie, einen nach dem andern; von seinem Vorgesetzten aber, Massy, plapperte er voll Bewunderung und Neid. „Gerissener Schuft! Trifft seinesgleichen nicht alle Tage. Seht ihn nur an! Ha! Groß! Eigenes Schiff. Würde sich nie erwischen lassen. Keine Angst –

der Hund!“ Und nachdem Massy eine Weile mit dankbarem Lächeln diesem kunstlosen Tribut an seine Größe gelauscht hatte, begann er wohl zu brüllen und mit den Fäusten gegen das Schott zu trommeln.

„Hören Sie auf, Narr! Wollen Sie mich nicht schlafen lassen! Saufbold!“

Dabei aber umspielte immer noch ein halbes Lächeln des Triumphs seine Lippen; draußen stand der Laskar, den die Nachtwache im Hafen getroffen hatte (ein Junge vielleicht, der gerade aus einem Walddorf gekommen war), reglos im tiefen Schatten des Decks und lauschte dem endlosen trunkenen Geschwätz. Sein Herz pochte vor atemloser Ehrfurcht vor den weißen Männern: den hartnäckigen, herrschsüchtigen Männern, die unbeugsam ihre unverständlichen Ziele verfolgen – Wesen mit unerhörtem Tonfall in der Stimme, von unberechenbaren Gefühlen und unergründlichen Trieben bewegt.

VIII

Massy blieb nach dem Antwortschrei seines Zweiten noch eine Weile über das Fenster zum Maschinenraum gebeugt. Kapitän Whalley, der kraft seiner fünfhundert Pfund sein Kommando drei Jahre lang beibehalten hatte, hätte nun den Verdacht erwecken können, als hätte er die Küste nie zuvor gesehen. Er schien sich nicht entschließen zu können, das Glas abzusetzen, als wäre es ihm unter den zusammengezogenen Brauen festgewachsen. Dieses krampfhafte Stirnrunzeln gab seinem Gesicht den Ausdruck unbeugsamer und gerechter Strenge; doch sein erhobener Ellbogen zitterte leicht, und die Schweißtropfen rannen unter seinem Hut hervor, als wäre plötzlich im Zenit, neben der glühenden Kugel, die schon dort hing, eine zweite aufgegangen, in deren blendend weißem Licht die Erde wie ein Sonnenstäubchen erglühte.

Von Zeit zu Zeit hob er, während er mit der anderen immer noch das Glas hielt, die freie Hand, um sich das triefende Gesicht abzuwischen. Die Tropfen rollten ihm die Wange hinunter, fielen wie Regen auf das weiße

Barthaar, und plötzlich streckte er, wie unter einem unbesiegbaren, ängstlichen Impuls, den Arm nach dem Maschinentelegraphen aus.

Unten klang der Gong. Die gemessenen Umdrehungen der langsamen Fahrt hörten zugleich mit jedem sonstigen Laut und jeder Erschütterung im Schiff auf, als hätte sich die große Ruhe, die draußen über der Küste lagerte, durch die eisernen Seitenwände eingeschlichen und von den geheimsten Winkeln des Schiffes Besitz ergriffen. Die schwache Brise, die des Dampfers Fahrt erzeugt hatte, verwehte, als wäre mit einmal die Luft zu dick geworden, um noch bewegt werden zu können; sogar das leise Plätschern des Wassers am Bug erstarb. Der schmale, lange Rumpf glitt ohne ein Kräuseln dahin, schien sich an das seichte Wasser über der Bank heranzustehlen. Das Aufklatschen des Bleis und die klagenden Schreie des Laskars erklangen in immer längeren Zwischenräumen; die Leute auf der Brücke schienen den Atem anzuhalten. Der Malaie am Steuer sah starr nach der Windrose, der Kapitän und der Serang nach der Küste.

Massy hatte das Oberlicht verlassen und war auf leisen Sohlen genau an den Punkt der Brücke zurückgekehrt, an dem er früher gestanden hatte. Ein träges, stieres Grinsen entblößte sein breites Gebiß: im Schatten des Sonnensegels glitzerten die Zähne gleichmäßig, wie die Tasten eines Klaviers in einem dämmerigen Zimmer.

Schließlich tat er so, als spräche er in äußerster Verwunderung zu sich selbst, und sagte, nicht sehr laut:

„Die Maschinen stoppen! Was noch, das möchte ich gern wissen!“

Er wartete, zuckte die Schultern, schüttelte den Kopf, warf schiefe Blicke, dann hob er die Stimme ein wenig:

„Wenn ich es wagen wollte, eine Bemerkung zu machen, so möchte ich wohl sagen, daß Sie nicht Schneid genug haben...“

Aber in den Laskaren beim Lot schien, unerwartet genug bei der tiefen Ruhe der Küste, ein Geist lärmenden Aufruhrs gefahren zu sein. Sein eintöniger, langgezogener Singsang wurde zu lautem, schnellem Rufen. Er wirbelte das Gewicht nur einmal in der Luft herum und ließ es dann fliegen, daß die Leine pfiff; ein Aufklatschen folgte unmittelbar auf das andere. Das Wasser war seicht geworden, und der Mann rief, anstatt wie bisher in Faden, die Lotung in Fuß aus.

„Fünfzehn Fuß, fünfzehn, fünfzehn! Vierzehn, vierzehn…"

Kapitän Whalley ließ den Arm sinken, der das Glas hielt. Er glitt langsam nieder, wie durch sein eigenes Gewicht; kein anderes Glied seines mächtigen Körpers rührte sich, und die schnell aufeinanderfolgenden Schreie mit ihrem warnenden Unterton ließen ihn unberührt, als wäre er taub.

Massy stand bewegungslos und gespannt lauschend da und hielt die Augen fest auf den silberweißen, kurzgeschorenen Hinterkopf des Alten gerichtet. Das Schiff selbst schien stillzustehen, bis auf das allmähliche Abnehmen der Tiefe unter dem Kiel.

„Dreizehn Fuß… dreizehn! Zwölf!" rief der Mann am Lot unterhalb der Brücke ängstlich, und plötzlich ging der bloßfüßige Serang lautlos davon, um seitlich hinabsehen zu können.

Schmal in den Schultern, in einem Anzug aus verschossenem blauem Baumwollstoff, einen alten grauen Filzhut tief in die Augen gezogen, eine tiefe Grube im dunklen Nacken und von schmächtigem Gliederbau, erschien der Mann, von rückwärts gesehen, kaum größer als ein vierzehnjähriger Junge. Ganz kindlich war auch die Neugierde, mit der er zusah, wie die massigen, gelblichen Gebilde vom Grund her an die Oberfläche des blauen Wassers emporzusteigen schienen, wie Wolkenballen, die langsam einen klaren Himmel herauftreiben. Er war über den Anblick nicht im mindesten überrascht. Es war kein Zweifel, sondern die Gewißheit, daß der Kiel der *Sofala* den Grund berühren mußte, was ihn bewogen hatte, über die Reling hinunterzusehen.

Seine forschenden Augen, schräggestellt in einem Gesicht von chinesischem Typus, einem kleinen, alten, unbeweglichen Gesicht, wie aus alter, brauner Eiche geschnitzt, diese Augen hatten ihn lange zuvor davon unterrichtet, daß die Sandbank nicht richtig angesteuert worden war. Als er zugleich mit der übrigen Besatzung nach dem Verkauf der *Fair*

Maid abgemustert hatte, trieb er sich in seinem verschossenen blauen Anzug und dem breitkrempigen grauen Hut vor den Toren des Hafenamtes herum; als er eines Tages Kapitän Whalley auf der Suche nach einer Besatzung für die *Sofala* daherkommen sah, hatte er sich ihm auf bloßen Füßen mit einem stummen Bittblick in den Weg gestellt. Das Auge seines alten Herrn war in Gnade auf ihn gefallen – es mußte ein günstiger Tag gewesen sein – und kaum eine halbe Stunde später hatten die weißen Männer in dem „Ofiss" ihn als Serang des ›Feuerschiffes‹ *Sofala* eingetragen. Seither hatte er wiederholt diese Mündung, diese Küste, von dieser Brücke und diesseits der Bank aus gesehen. Die Erinnerung an den Gesichtseindruck zeichnete sich durch seine Augen auf seinem unverdorbenen Hirn ab, wie auf einer lichtempfindlichen Platte durch eine Linse. Sein Wissen war unbedingt und genau; trotzdem hätte er zweifellos das Zögern der Ungewißheit zur Schau getragen, hätte man ihn um seine Meinung gefragt, und noch dazu in der kerzengeraden, aufregenden Art der weißen Männer. Er war seiner Tatsachen gewiß – aber diese Gewißheit wog leicht im Vergleich zu dem Zweifel, welche Antwort wohl angenehm sein würde. Vor fünfzig Jahren, in einem Dschungeldorf, und bevor er selbst noch einen Tag alt gewesen, hatte sein Vater, der starb, ohne ein weißes Gesicht gesehen zu haben, von einem in der Sternenkunde bewanderten Mann sein Horoskop stellen lassen; denn aus der Stellung der Sterne kann das letzte Wort über ein Menschenschicksal gelesen werden. Die Vorhersage hatte gelautet, er werde durch die Gunst weißer Männer auf See Glück haben. Er hatte Schiffsdecks gewaschen, hatte Steuerruder bedient, Vorräte verwaltet, hatte es zuletzt bis zum Serang gebracht; und sein sanftes Gemüt war ebenso unfähig geblieben, die einfachsten Beweggründe derer zu erfassen, denen er diente, wie diese selbst unfähig waren, unter der Erdkruste das Geheimnis des Erdinnern zu ergründen, das vielleicht aus Feuer oder Stein besteht. Er hatte aber nicht den geringsten Zweifel daran, daß die *Sofala* vom richtigen Kurs abgefallen war, als sie diesmal die Bank von Batu-Beru kreuzte.

Es war nur ein kleiner Irrtum. Das Schiff konnte kaum um die doppelte eigene Länge zu weit nördlich sein; und ein Weißer, der nach einem Grund dafür suchte – denn es war unmöglich, bei Kapitän Whalley krasse Unwissenheit anzunehmen, Mangel an Übung oder Nachlässigkeit – wäre versucht gewesen, seinen eigenen Sinnen zu mißtrauen. Ein ähnliches Gefühl war es auch, das Massy, mit zu einem ängstlichen Grinsen gebleckten Zähnen, reglos erhielt. Nicht so der Serang. Er war von jedem verstandesmäßigen Mißtrauen gegen seine Sinne frei. Wenn es seinem Kapitän gefiel, den Schlamm aufzurühren, so war das recht. Er hatte in seinem Leben weiße Männer öfter als einmal einer unbegreiflichen Anwandlung nachgeben sehen. Er war nur ehrlich neugierig, was wohl daraus werden würde. Schließlich trat er augenscheinlich befriedigt von der Reling zurück.

Er hatte keinen Laut von sich gegeben: Kapitän Whalley aber schien die Bewegungen seines Serangs beobachtet zu haben. Mit starr gerecktem Kopf und kaum die Lippen bewegend fragte er:

„Macht sie noch Fahrt, Serang?"

„Noch ein wenig Fahrt, Tuan", antwortete der Malaie und fügte dann beiläufig hinzu: „Sie ist drüber weg."

Das Lot bestätigte seine Worte; die Wassertiefe nahm bei jedem Wurf zu, und der Geist der Aufregung verließ plötzlich den Laskar, der in seinem Segeltuchgürtel über die Seite der *Sofala* hinaushing. Kapitän Whalley befahl, das Lot einzuholen, ließ ohne große Eile die Maschinen voraussetzen, wandte seine Augen von der Küste ab und wies den Serang an, einen Kurs nach der Mitte der Mündung zu steuern.

Massy schlug sich geräuschvoll die flache Hand auf den Schenkel.

„Sie haben die Bank gestreift. Sehen Sie nur achtern, ob Sie das nicht taten! Sehen Sie auf die Spur, die wir hinterlassen haben! Sie ist deutlich zu sehen. Bei meiner Seel! ich hatte es mir gedacht! Warum taten Sie das? Was zum Teufel hat Sie dazu gebracht? Ich glaube, Sie wollen mich erschrecken."

Er sprach langsam, wie tastend, und hielt die vorquellenden schwarzen Augen fest auf seinen Kapitän gerichtet. In seinem beginnenden Zornausbruch fehlte auch eine leicht wehklagende Note nicht, denn im Grunde war es das klare Gefühl, unverdientes Unrecht erlitten zu haben, was ihn diesen Mann hassen ließ. Diesen Mann, der für fünfhundert lumpige Pfund ein Sechstel des Gewinnes für die Vertragsdauer von drei Jahren beanspruchte. Sooft dieser Groll die Ehrfurcht besiegte, die er vor Kapitän Whalleys Persönlichkeit empfand, pflegte er vor Wut geradezu zu wimmern.

„Sie wissen gar nicht mehr, was Sie erfinden müssen, um mir die Seele aus dem Leibe zu ärgern. Ich hätte nie gedacht, daß ein Mann Ihrer Art sich herbeilassen würde..."

Er unterbrach sich halb hoffnungsvoll, halb schüchtern, sooft Kapitän Whalley in seinem Deckstuhl die geringste Bewegung machte, als hätte er erwartet, durch ein sanftes Wort versöhnt oder aber angefahren und von der Brücke verjagt zu werden.

„Ich bin verblüfft", fuhr er wieder fort und bleckte dabei immer noch wachsam und ohne Lächeln seine großen Zähne. „Ich weiß nicht, was ich denken soll. Ich glaube, Sie versuchen es, mich zu erschrecken. Um ein Haar hätten Sie das Schiff für mindestens zwölf Stunden auf der Bank festgesetzt und dabei überdies noch die Maschinen verschlammt. Kein Schiff kann es sich heutzutage mehr leisten, auf einer Fahrt zwölf Stunden zu verlieren – wie Sie sehr gut wissen mußten und ja auch ganz bestimmt sehr gut wissen, nur..."

Sein halblauter Redefluß, die seitliche Drehung seines Halses, die dunklen Blicke aus den Augenwinkeln ließen Kapitän Whalley unbewegt. Er sah unter finster gerunzelten Brauen vor sich auf das Deck. Massy wartete eine kleine Weile und begann dann leise zu drohen.

„Sie glauben wohl, mir mit dem Abkommen Hand und Fuß gebunden zu haben. Sie glauben mich in jeder Art, wie es Ihnen gefällt, peinigen zu können. Oh! Aber denken Sie nur daran, daß es noch volle sechs Wochen läuft. Zeit genug für mich, Sie zu entlassen, bevor die drei Jahre um sind.

Sie werden schon noch etwas tun, das mir ein Recht gibt, Sie zu entlassen und zwölf Monate auf Ihr Geld warten zu lassen, bevor Sie mir die Fünfhundert abverlangen und mir so den letzten Pfennig für die neuen Kessel nehmen können. Sie brüten über diesem Gedanken, nicht wahr? Ich habe das Gefühl, daß Sie hier sitzen und brüten. Es ist, als hätte ich meine Seele für fünfhundert Pfund verkauft, um schließlich auf ewig verdammt zu sein..."

Er unterbrach sich abermals, ohne ein Zeichen der Verzweiflung, und fuhr dann gleichmäßig fort:

„... Mit den abgenützten Kesseln und der Inspektion, die jeden Augenblick kommen kann, Kapitän Whalley... Kapitän Whalley, sagen Sie doch, was machen Sie mit Ihrem Geld? Sie müssen irgendwo einen ganzen Haufen Geld haben – ein Mann wie Sie muß das haben. Es liegt auf der Hand. Ich bin kein Narr, müssen Sie wissen, Kapitän Whalley – Partner."

Nochmals brach er ab, als wäre er nun endgültig fertig. Er fuhr sich mit der Zunge über die Lippen und warf einen Blick auf den Serang zurück, der mit ruhigem Flüstern und leichten Handbewegungen den Kurs des Schiffes angab. Die kreisende Schraube sandte kleine Wellen mit dunklen Kämmen gegen die öden, flachen Ufer aus schwarzem Schlamm. Die *Sofala* war in den Fluß eingefahren; die Spur, die sie in der Sandbank eingeritzt hatte, lag nun eine Meile weit zurück, außer Sicht, gänzlich verschwunden; und die glatte, leere See längs der Küste war gleichfalls zurückgeblieben, dem tödlich grellen Sonnenschein überlassen. Zu beiden Seiten bedeckte üppiger Mangrovenwald die halb flüssigen, niedrigen Ufer; und Massy fuhr in seinem alten Ton wieder fort, mit jähem Anlauf, als würden ihm die Worte wie die Weise eines Spielwerkes durch Drehen eines Handgriffes erpreßt.

„Wenn mich jemals jemand darangekriegt hat, dann sind Sie es. Ich scheue mich nicht, das zuzugeben. Ich habe es gesagt – da. Was wollen Sie mehr? Ist es nicht genug für Ihren Stolz, Kapitän Whalley? Sie haben mich von allem Anfang an in die Tasche gesteckt. Das stimmt in jeder Hinsicht, wenn ich es recht überdenke. Sie haben mir erlaubt, die Klausel wegen Trunkenheit aufzunehmen, ohne etwas dazu zu sagen; Sie sahen nur recht bekümmert drein, als ich darauf bestand, es schwarz auf weiß zu haben. Wie hätte ich denn wissen können, was bei Ihnen nicht in Ordnung war? Gewöhnlich ist immer irgendwo etwas nicht in Ordnung. Und nun sehen Sie sich an: als Sie an Bord kamen, stellte es sich heraus, daß Sie seit vielen Jahren nichts anderes als Wasser zu trinken gewohnt sind."

Sein vorwurfsvolles Klagen hörte auf. Er versank in tiefes Brüten, nach der Art dummschlauer Menschen. Es schien unbegreiflich, daß Kapitän Whalley über den Ausdruck von Ekel in dem wuchtigen, gelben Gesicht nicht in Lachen ausbrach. Doch Kapitän Whalley hob den Blick nicht und saß in seinem Armstuhl, im Innersten verletzt, würdig und ohne Bewegung.

„Es hat mir viel geholfen", fuhr Massy eintönig in seinen Vorwürfen fort, „eine Entlassungsklausel wegen Trunkenheit gegen einen Mann aufzunehmen, der nichts als Wasser trinkt. Und Sie sahen noch dazu empört aus, als ich an jenem Morgen im Kontor des Rechtsanwalts meinen Entwurf vorlas – Sie sahen so bestürzt aus, Kapitän Whalley, daß ich ganz sicher war, Ihren wunden Punkt getroffen zu haben. Ein Reeder kann ja gar nicht vorsichtig genug sein in der Wahl seines Kapitäns. Sie müssen sich die ganze Zeit über ins Fäustchen gelacht haben... wie? Was wollten Sie sagen?"

Kapitän Whalley hatte nur leise mit den Füßen gescharrt. In Massys seitlichen Blick trat eine dumpfe Feindseligkeit.

„Aber bedenken Sie doch, daß es noch andere Entlassungsgründe gibt. Da ist zum Beispiel andauernde Nachlässigkeit, die an Unfähigkeit hinreicht – es gibt auch grobe und wiederholte Pflichtversäumnis. Ich bin kein ganz so großer Narr, wie es Ihnen wohl passen könnte. Sie sind in letzter Zeit nachlässig gewesen – indem Sie alles diesem Serang überlassen haben. Was denn! Ich habe diesen alten Affen von Malaien für Sie Peilungen nehmen sehen, als wären Sie selbst zu groß, um persönlich Ihren Dienst zu tun. Und wie nennen Sie denn die dumme, schluderige

Art, in der Sie das Schiff eben jetzt über die Bank geführt haben? Glauben Sie, ich lasse mir das gefallen?“

Mit dem Ellbogen gegen die Leiter hinter der Brücke gestützt, versuchte Sterne, der Erste Offizier, zuzuhören und zwinkerte dabei aus der Entfernung dem Zweiten Ingenieur zu, der für einen Augenblick heraufgekommen war und im Niedergang zum Maschinenraum stand. Während er sich an einem Bündel Putzwolle die Hände abwischte, sah der gleichgültig nach links und rechts zu den Uferbänken hinüber, die langsam an der *Sofala* vorbeiglitten.

Massy wandte sich dem Deckstuhl voll zu. In seine Stimme kam wieder eine leise Drohung.

„Nehmen Sie sich in acht! Ich kann Sie immer noch entlassen und Ihr Geld ein Jahr lang zurückbehalten. Ich kann...“

Doch angesichts der stummen, starren Unbeweglichkeit des Mannes, dessen Geld ihn im letzten Augenblick vor völligem Ruin gerettet hatte, erstarb ihm die Stimme in der Kehle.

„Nicht, daß ich Sie wegschicken wollte“, fing er nach einem kurzen Schweigen in töricht eindringlichem Ton wieder an. „Ich wünsche mir nichts Besseres, als freund mit Ihnen zu bleiben und das Abkommen zu erneuern, wenn Sie sich bereit erklären, mir mit noch ein paar hundert Pfund zum Einbau der neuen Kessel auszuhelfen, Kapitän Whalley. Ich habe es Ihnen schon früher gesagt. Die *Sofala* braucht neue Kessel; Sie wissen es so gut wie ich. Haben Sie sich das überlegt?“

Er wartete. Das dünne Pfeifenrohr mit dem ungefügen Kopf am Ende hing von seinen dicken Lippen nieder. Die Pfeife war ausgegangen. Plötzlich nahm er sie aus den Zähnen und rang leicht die Hände.

„Glauben Sie mir nicht?“ Er stieß den Pfeifenkopf in die Tasche seiner fadenscheinigen Jacke.

„Es ist, als hätte man mit dem Teufel zu tun“, sagte er. „Warum sprechen Sie nicht? Zuerst waren Sie so hochnäsig und unnahbar gegen mich, daß ich kaum über mein eigenes Deck zu kriechen wagte. Nun kann ich kein Wort aus Ihnen herausbringen. Sie scheinen mich gar nicht zu sehen. Was soll das heißen? Meiner Seel! Sie erschrecken mich mit dem Taubstummentrick. Was geht in Ihrem Kopf vor? Was für Pläne wälzen Sie denn dort gegen mich, daß Sie kein Wort reden können? Sie werden mich niemals glauben machen, daß Sie – Sie – nicht wissen, wo Sie ein paar hundert Pfund hernehmen sollen! Sie haben mich dazu gebracht, den Tag zu verfluchen, an dem ich geboren wurde...“

„Herr Massy“, sagte Kapitän Whalley plötzlich, ohne sich zu rühren.

Der Ingenieur fuhr heftig zusammen.

„Wenn das so ist, kann ich Sie nur bitten, mir zu vergeben.“

„Steuerbord“, murmelte der Serang dem Steuermann zu und die *Sofala* bog um die zweite Biegung in die gerade Stromstrecke ein.

„Uff!“ Massy schauerte. „Mir läuft es kalt über den Rücken. Warum sind Sie hierhergekommen? Was hat Sie dazu bewogen, an jenem Abend ganz plötzlich an Bord zu kommen, mit Ihrem großartigen Gerede und Ihrem Geld – und mich zu versuchen? Ich habe mich immer gefragt, was Ihr Beweggrund war. Sie haben sich an mich gehängt, um sich ein schönes Leben zu schaffen und sich an meinem Herzblut zu mästen, das sage ich Ihnen. War das nicht so? Ich glaube, Sie sind der schlimmste Geizkragen in der Welt, oder warum denn sonst...“

„Nein. Ich bin nur arm“, unterbrach Kapitän Whalley mit steinernem Gesicht.

„Stütze das Ruder“, murmelte der Serang. Massy wandte sich ab und sprach über die Schulter zurück.

„Ich glaube es nicht“, sagte er in seinem rätselhaften Ton. Kapitän Whalley machte keine Bewegung. „Da sitzen Sie wie ein vollgefressener Geier – genau wie ein Geier.“

Er schickte noch einen leeren Blick auf den Flußlauf und die beiden Ufer, anscheinend ohne etwas zu sehen, und verließ langsam die Brücke.

IX

Während er sich zum Weggehen wandte, bemerkte Massy den Kopf Sternes, des Ersten Offiziers, der mit seinem leise vertraulichen Lächeln, dem roten Schnurrbart und den zwinkernden Augen am Fuß der Leiter wartete.

Sterne war, bevor er auf die *Sofala* gekommen, Zweiter Offizier bei einer der großen Schiffahrtsgesellschaften gewesen. Diese Stellung hatte er „aus allgemeinen Gründen", wie er sagte, aufgegeben. Die Beförderung sei sehr langsam gewesen, meinte er, und so sei es ihm an der Zeit erschienen, fortzugehen, um etwas rascher voranzukommen. Es schien, als wollte niemand sterben oder die Firma verlassen; alle klebten sie an ihren Plätzen, bis sie schimmelig wurden; er hatte das Warten satt und fürchtete überdies, daß, wenn wirklich ein Posten frei wurde, die besten Angestellten durchaus nicht sicher waren, die verdiente Beachtung zu finden. Überdies war der Kapitän, unter dem er zu dienen hatte, Kapitän Provost, ein unberechenbarer Mann, der, wie Sterne glaubte, aus dem oder jenem Grunde ein Vorurteil gegen ihn gefaßt hatte. Höchstwahrscheinlich wohl, weil Sterne meistens mehr als seine Pflicht tat. Hatte er etwas versehen, so konnte Sterne wohl einen Tadel vertragen, wie ein Mann; er erwartete aber auch, wie ein Mensch behandelt und nicht immer wieder angeredet zu werden, als wäre er ein Hund. Er hatte Kapitän Provost klipp und klar gebeten, ihm zu sagen, worin er gefehlt habe, und Kapitän Provost hatte ihm in verächtlichster Weise geantwortet, er sei ein vollendeter Offizier, und wenn ihm die Art nicht paßte, in der man mit ihm spräche, so sei hier die Laufplanke – er könne sofort an Land gehen. Aber jedermann wußte ja, was für ein Mann Kapitän Provost war. Eine Beschwerde bei der Gesellschaft hatte keinen Sinn. Kapitän Provost hatte zu großen Einfluß. Trotz allem mußte er ihm ein gutes Zeugnis ausstellen. Er versicherte, daß er mit gutem Gewissen behaupten könne, es läge nicht das Geringste gegen ihn vor, und da er zufällig gehört habe, daß der Erste der *Sofala* an jenem Morgen mit Sonnenstich ins Spital gekommen sei, so habe er nichts dabei gefunden, sich vorzustellen und zu versuchen, ob er für den Posten nicht geeignet wäre...

Er war frisch rasiert, mit rotem Gesicht zu Kapitän Whalley gekommen, die magere Brust herausgereckt, und hatte seine kleine Geschichte mit offener, männlicher Selbstsicherheit erzählt. Dann und wann zitterten seine Augenlider leicht, oder seine Hand fuhr verstohlen zu dem Ende des grellroten Schnurrbartes hinauf. Seine Brauen waren gerade, buschig und nußbraun, und die Geradheit seines offenen Blickes schien die Grenze der Unverschämtheit zu streifen. Kapitän Whalley hatte ihn auf Probe genommen, dann, da der andere Mann, von den Ärzten nach Hause geschickt worden war, die nächste Reise über und dann wiederum die nächste behalten. Nun hatte er feste Anstellung erreicht und gab sich seinen Pflichten mit unterstrichenem Diensteifer hin. Sobald man ihn ansprach, begann er aufmerksam zu lächeln, wobei seine ganze Haltung eine große Ergebenheit ausdrückte. In dem raschen Zwinkern aber, das fortwährend anhielt, lag etwas wie Hohn, als wäre ihm allein ein besonders guter Witz auf Kosten der gesamten Menschheit, allen anderen unergründlich, bekannt.

Mit diesem Lächeln sah er auch Massy entgegen, der Stufe um Stufe herunterkam; sobald der Erste Ingenieur das Deck erreicht hatte, fuhr er herum und stand ihm Auge in Auge gegenüber. Von gleicher Größe, sonst aber gänzlich unähnlich, sahen sie einander ins Gesicht, als wäre etwas zwischen ihnen – etwas anderes als der breite Sonnenstreifen, der durch eine Spalte im Sonnensegel quer über die Deckplanken fiel und die Füße der beiden Männer trennte wie ein Strom; etwas Tiefgründiges, Abgefeimtes, Unberechenbares, wie ein ausgesprochenes Einverständnis, ein geheimes Mißtrauen oder eine gewisse Angst.

Schließlich zwinkerte Sterne mit seinen tiefliegenden Augen, schob sein scharfgeschnittenes, glattes Kinn vor, das rot war wie das übrige Gesicht, und murmelte:

„Haben Sie's gesehen? Er hat gestreift! Haben Sie's gesehen?“ Massy hob sein gelbes, fleischiges Gesicht und gab verächtlich zurück:

„Kann sein. Hätten Sie es aber versucht, dann wären wir sicher im Schlamm festgerannt."

„Verzeihen Sie, Herr Massy, das wage ich zu bestreiten. Natürlich kann ein Reeder auf seinem eigenen Schiff sagen, was immer er will. Das ist schon recht; aber ich bitte doch..."

„Gehen Sie mir aus dem Weg!"

Der andere fuhr leicht zusammen, wie in unterdrückter Empörung, blieb aber stehen. Massys gesenkter Blick wanderte nach rechts und links, als wäre das Deck rund um Sterne mit Eiern bestreut, die nicht zerbrochen werden sollten, und er spähte ängstlich nach einem Fleck, um die fliehenden Füße niedersetzen zu können. Schließlich rührte auch er sich nicht, obwohl Platz genug da war.

„Ich hörte Sie dort oben sagen", fuhr der Erste Offizier fort „– und es war eine sehr richtige Bemerkung –, daß immer etwas nicht in Ordnung ist..."

„Ihr wunder Punkt ist das Horchen, Herr Sterne."

„Nun, wenn Sie mir nur einen Augenblick zuhören wollten, Herr Massy, dann könnte ich..."

„Sie sind ein Angeber", unterbrach ihn Massy hastig und wiederholte unmittelbar darauf nochmals, „ein gemeiner Angeber", bevor der Erste beschönigend einfallen konnte:

„Nun, sagen Sie doch, Herr, was wollen Sie? Was wollen..."

„Ich will – ich will", stammelte Massy wütend erstaunt, „ich will! Woher wissen Sie, daß ich was will? Wie können Sie es wagen?... Was meinen Sie, worauf sind Sie aus? Sie..."

„Beförderung." Das kam in so kalter Unverschämtheit, daß Sterne ihn damit zum Schweigen brachte. Die runden, weichen Wangen des Ingenieurs zitterten nach, aber er sagte ruhig genug:

„Sie belästigen mich nur damit", und Sterne zeigte wieder sein vertrauliches kleines Lächeln.

„Ein Geschäftsmensch, den ich einmal kannte (und heute hat er es weit gebracht in der Welt), pflegte mir zu sagen, das sei der rechte Weg. ›Immer nach vorn drängen‹sagte er. ›Stelle dich richtig vor deinen Chef hin. Dränge dich vor, sooft sich eine Gelegenheit bietet. Zeig ihm, was du weißt. Belästige ihn, indem du dich immer wieder sehen läßt.‹ Das war ein Rat. Nun kenne ich hier keinen anderen Chef als Sie. Sie sind der Eigentümer, und daneben verschwinden in meinen Augen alle andern. Sehen Sie, Herr Massy – ich will vorwärtskommen. Ich mache kein Geheimnis daraus, daß ich einer von denen bin, die vorwärtskommen wollen. Das sind die Leute, die gut zu gebrauchen sind, Herr. Sie haben es nicht so weit gebracht, ohne das herauszufinden, soviel ist sicher."

„Den Chef belästigen, um vorwärtszukommen", murmelte Massy, wie betäubt von der gottlosen Eigenart der Idee. „Es sollte mich nicht wundern, wenn gerade das der Grund gewesen wäre, warum die Blauankerleute Sie entlassen haben. Nennen Sie das Vorwärtskommen? Sie sollen hier auf die gleiche Art vorwärtskommen, wenn Sie sich nicht in acht nehmen – das kann ich Ihnen versprechen!"

Sterne ließ den Kopf hängen, sah verblüfft und nachdenklich aus und zwinkerte heftig gegen das Deck zu. Alle seine Versuche, mit seinem Reeder in eine vertrautere Beziehung zu kommen, hatten in letzter Zeit immer nur zu diesen dunklen Drohungen mit der Entlassung geführt; und eine Drohung mit der Entlassung pflegte ihn augenblicklich zu einem zögernden Schweigen zu bringen, als fühlte er sich nicht sicher, ob die Zeit, ihr zu trotzen, schon gekommen sei. Bei dieser Gelegenheit schien er einen Augenblick die Sprache verloren zu haben; Massy setzte sich schwerfällig in Bewegung und drängte sich, mit einem Versuch, ihn anzurennen, an ihm vorbei. Sterne wich ihm hastig aus und fuhr dann mit weit offenem Munde herum, als wollte er etwas hinter dem Ingenieur dreinrufen, besänne sich aber eines Besseren.

Stets – wie er gern zugab – auf der Lauer nach einer Möglichkeit zum Vorwärtskommen, war es ihm zur ständigen Gewohnheit geworden, die Führung seiner unmittelbaren Vorgesetzten nach einem Punkt zu durchspähen, ›wo man einhaken konnte‹. Er war der festen Überzeugung, daß kein Schiffer in der Welt sein Kommando auch nur einen Tag behalten würde, wenn man es nur die Reeder ›wissen lassen könnte‹. Dieser romantische, naive Leitsatz hatte ihn öfter als einmal in Schwierigkeiten gebracht; doch blieb er unverbesserlich; und der Mangel an Treue war in seinem Charakter so ausgeprägt, daß, sobald er auf ein Schiff kam, die Absicht, den Kommandanten abzusägen und selbst an seine Stelle zu kommen, mit größter Selbstverständlichkeit seine Handlungen bestimmte. Seine wachen Mußestunden erfüllten Träume von sorgfältigen Plänen und peinlichen Entdeckungen – seine Träume waren Bilder von günstigen Wendungen und (für ihn günstigen) Unglücksfällen. Es war schon vorgekommen, daß Schiffer auf See krank wurden und starben, was wie nichts sonst einem geschickten Ersten Offizier Gelegenheit bieten konnte, sich in vollem Glanz zu zeigen. Manchmal fielen sie auch über Bord: er hatte von ein oder zwei solchen Fällen gehört. Andere wieder... Von allem andern abgesehen aber hielt er inbrünstig an dem Glauben fest, daß die Führung keines einzigen von ihnen, bei scharfem Hinsehen, vor den Augen des Mannes bestehen würde, der ›sich auskannte‹ und der diese Augen die ganze Zeit über ›richtig offen hielt‹.

Nachdem er auf der *Sofala* richtig Fuß gefaßt hatte, glaubte er sich dem Ziele seiner Hoffnungen ständig zu nähern. Einmal war es ja schon ein großer Vorteil, einen alten Mann als Kapitän zu haben: einen Mann überdies, der nach der Lage der Dinge sehr wahrscheinlich über kurz oder lang das Geschäft aufgeben würde. Sterne fühlte sich allerdings heftig enttäuscht, als er merken mußte, daß sein Vorgesetzter scheinbar noch lange nicht an Ruhe dachte. Immerhin – diese alten Leute gehen oft ganz plötzlich in die Brüche. Dann war auch der Reeder-Ingenieur immer in der Nähe, dem man durch gleichmäßigen Diensteifer Eindruck machen konnte. Sterne zweifelte keineswegs, daß seine eigenen Verdienste jedem ins Auge springen mußten (er war tatsächlich ein ausgezeichneter Offizier); nur bringt heutzutage berufliches Verdienst allein einen Mann nicht schnell genug vorwärts. Er war entschlossen, die Erbfolge auf diesem Dampfer anzutreten, wenn es nur irgendwie zu machen war; nicht etwa, weil er das Kommando über die *Sofala* für etwas Wichtiges hielt, sondern aus dem Grund, daß, besonders im Fernen Osten, der Anfang alles bedeutet und ein Kommando zu einem andern führt.

Er begann damit, daß er sich selbst das Versprechen gab, mit größter Umsicht vorzugehen. Massys finstere und phantastische Stimmungen schüchterten ihn zunächst ein, da sie ja außerhalb jeder herkömmlichen Erfahrung zur See lagen; doch war er klug genug, um fast vom ersten Augenblick an einzusehen, daß er sich einer außergewöhnlichen Sachlage gegenüber befand. Seiner vorzüglichen Spähergabe gelang es, rasch in das Geheimnis einzudringen; das Gefühl aber, daß noch etwas dahinterstand, das sich seinem Zugriff entzog, steigerte seine Ungeduld vorwärtszukommen aufs höchste. Und so ging eine Reise zu Ende, dann eine andere, und er hatte seine dritte begonnen, bevor er ein Türchen entdeckt hatte, durch das er mit einiger Aussicht auf Erfolg durchschlüpfen konnte. Alles war so ungewöhnlich und geheimnisvoll; irgend etwas war in seiner nächsten Nähe vor sich gegangen, wie durch eine Kluft von dem Leben des Schiffes und seiner Arbeit getrennt, die beide dem Leben und der Arbeit auf andern Küstendampfern dieser Klasse glichen.

Dann machte er eines Tages seine Entdeckung.

Er kam nach vielen Wochen scharfer Beobachtung und vielerlei Vermutungen ganz plötzlich darauf, wie einem oft blitzartig die langgesuchte Lösung des Rätsels einfällt. Allerdings nicht mit der gleichen, selbstverständlichen Sicherheit. Großer Gott im Himmel – konnte es das sein? Nachdem er einige Augenblicke wie vom Blitz gerührt dagestanden hatte, versuchte er die Erkenntnis mit Selbstverspottung abzuschütteln, als wäre sie das Ergebnis eines krankhaften Hanges zum Unglaublichen, Unerklärlichen, Unerhörten, zum Irrsinn!

Diese blitzartige Erleuchtung war auf der vorhergehenden Reise während der Rückkehr erfolgt. Sie hatten eben eine Anlegestelle auf dem Festland, namens Pangu, verlassen und dampften gerade aus einer Bai hinaus. Im Osten versperrte ein massiges Vorgebirge die Aussicht, dessen

Zacken und Risse von Büschen und dornigen Schlinggewächsen überwuchert waren. Der Wind begann in der Takelung zu pfeifen; die See längs der Küste, grün und über der Kimm wie leicht geschwollen, schien sich ein ums andere Mal in langsamem, dröhnendem Fall leewärts in den Schatten des Kaps zu ergießen. Vor den weiten Öffnungen schwammen die nächstliegenden Inselchen einer kleinen Gruppe in dem gelben Licht eines windigen Sonnenaufgangs. Weiter fort ragten die waldigen Gipfel anderer Inselchen, anderer Eilande reglos über die Wasser empor, die, von der Brise aufgerührt, durch die Engen tobten.

Die gewöhnliche Route der *Sofala*, sowohl für die Hin- wie für die Rückfahrt, führte ein paar Meilen weit an diesem klippenreichen Gebiet vorbei. Das Schiff folgte einer breiten Wasserstraße und ließ, eine nach der andern, diese Krumen der Erdrinde hinter sich, die einem in wüstem Durcheinander auf Felsen und Bänken aufgefahrenen Geschwader von Hulken glichen.

Oft brüteten die Windstillen der Küste, die langen toten Windstillen des Äquators, die reglosesten Windstillen, Tage und Wochen lang über der Inselgruppe, wie die Einkehrstimmung eines leidenschaftlichen Temperaments. An solchen Tagen verriet die leuchtende See mit keinem Anzeichen die Gefahren, die zu beiden Seiten an des Schiffes Rand lauerten. Alles lag still, wie niedergedrückt von der überwältigenden Macht des Lichts; und die ganze Gruppe, opalfarben im Sonnenschein – die Felsen, die Zinnen – die Spieren, die Burgruinen glichen; die Eilande, die an Bienenstöcke oder Maulwurfshügel erinnerten; die anderen in Form von Heuschobern oder efeuumwachsenen Türmen – sie alle spiegelten sich verkehrt in dem glatten Wasser, wie aus Ebenholz geschnitztes Spielzeug, das auf der silberigen Fläche eines Spiegels aufgestellt ist.

Beim Einsetzen von stürmischem Wetter hüllte sich das Ganze sofort in den Gischt der Brechseen, der wie eine plötzlich entstandene Dampfwolke aufzischte; und in allen den schmalen Durchfahrten schien das klare Wasser richtig zu kochen. Die aufgerührte See zeigte durch einen wallenden Schaumgürtel die weitläufigen Grundfesten der Gruppe an; das unterseeische Trümmerfeld, das von der nahen Küste, die einmal herübergereicht hatte, übriggeblieben war und nun seine gefährlichen Ausläufer knapp unter Wasser bis weit in den Fahrweg hinein erstreckte und ringsum von mitunter meilenlangen Riffen starrte: todbringenden Riffen aus Schaum und Stein.

An jenem Morgen während der vorhergehenden Reise, als die *Sofala* Pangu Bai frühzeitig verlassen hatte und Herrn Sternes Entdeckung wie eine unbegreiflich böse Blüte aus der Saat unwirklichen Mißtrauens aufgehen sollte – an jenem Morgen also wehte kaum eine leichte Brise, doch auch diese hatte Gewalt genug, der See die Maske von dem ruhigen Gesicht zu reißen. Für Sterne, der gleichgültig zusah, war es wie eine Enthüllung gewesen, zum erstenmal die Gefahren durch die weißen Schaumflecke auf dem Wasser so deutlich angezeigt zu sehen, als wären sie auf der Karte eingetragen. Es kam ihm in den Sinn, daß dies das Wetter war, an dem ein Fremder am ehesten die Durchfahrt versuchen konnte: ein klarer Tag, eben windig genug, daß die See sich an jeder Klippe brach und so gleichsam das Fahrwasser zu beiden Seiten mit Bojen bezeichnete; während man sich bei Windstille nur auf den Kompaß und die Schärfe der eigenen Augen verlassen konnte. Und doch hatten die aufeinanderfolgenden Kapitäne der *Sofala* das Schiff öfter als einmal bei Nacht durchführen müssen. Heutzutage konnte niemand es sich leisten, sechs oder sieben Stunden der Fahrzeit eines Dampfers zu opfern. Das konnte man nicht. Aber Gewohnheit ist ja alles, und mit der nötigen Vorsicht... Das Fahrwasser war breit und sicher genug; die Hauptsache war es, die Einfahrt im Dunklen richtig zu treffen – denn wer sich in das Gewirr von Brandung da drinnen verlor, der kam nie mit einem heilen Schiff heraus – wenn er überhaupt je herauskam.

Das war Sternes letzte Gedankenreihe, unabhängig von der großen Entdeckung. Er hatte eben dem Zurren des Ankers zugesehen und war dann noch ein paar Augenblicke müßig vorn stehengeblieben. Der Kapitän war auf der Brücke auf Wache. Sterne hatte sich mit einem leichten Gähnen von der See abgewandt und mit den Schultern gegen den Fischdavit gelehnt.

Dies waren recht eigentlich die letzten ruhigen Augenblicke, die er an Bord der *Sofala* durchleben sollte. Die ganze Zeit nachher sollte er unter dem quälenden Zwang eines Vorhabens und einer unerträglichen Verblüffung zu leiden haben. Keine Muße mehr, kein schweifender Gedanke; seine Entdeckung sollte ihn foltern, bis er sich manchmal wünschen würde, sie nie gemacht zu haben. Und doch, wenn seine Aussichten vorwärtszukommen auf der Entdeckung von irgend etwas beruhten, das ›nicht in Ordnung‹ war, so hätte er keinen größeren Glücksfall erhoffen können.

X

Die Erkenntnis war tatsächlich zu aufrührend. Da war allerdings ›etwas nicht in Ordnung‹, aber die Entdeckung trug die Strafe in sich, und der innerlichen Gewißheit ließ sich im ersten Augenblick kaum ins Gesicht sehen. Sterne hatte in so müßiger Laune nach der Brücke hingesehen, daß er ganz ausnahmsweise nicht einmal einen bösen Gedanken gegen irgend jemand aufgebracht hatte. Sein Kapitän auf der Brücke kam sehr natürlich in sein Sehfeld. Wie nebensächlich, wie zufällig war der Gedanke, der den ersten Anstoß zu der Entdeckung gegeben hatte – wie ein kleiner Funke, der hinreicht, um eine ungeheure Mine zur Explosion zu bringen!

Unter den Stößen der Brise blähte sich das Sonnensegel über dem Vordeck und sank langsam wieder nieder, und oberhalb dieses wuchtigen Flatterns wehte der graue Stoff von Kapitän Whalleys geräumigem Anzug unaufhörlich um seinen Leib und seine Arme. Er sah dem Wind gerade entgegen, und sein großer silberweißer Bart wurde hart gegen seine Brust gepreßt. Die Augenbrauen hingen schwer über den Schattenhöhlen, aus denen hervor sein Blick scharf vorauszudringen schien. Sterne konnte eben noch das Weiße der Augen ausnehmen, das unter den dunklen Brauenbögen hervorglitzerte. Auf nahe Entfernung schienen diese Augen, trotz der sonstigen Liebenswürdigkeit des Mannes, einem durch und durch zu gehen. Sterne konnte sich dieses Gefühls nie erwehren, sooft er

Gelegenheit hatte, mit seinem Kapitän zu sprechen. Er schätzte es nicht. Wie groß und wuchtig er dort oben aussah, mit dem kümmerlichen kleinen Kerl von Serang nahebei – wie es auf diesem außerordentlichen Dampfer der Brauch war! Verdammt törichte Einrichtung das! Er ärgerte sich darüber. Sicherlich hätte der alte Bursche doch auch sein Schiff führen können, ohne den dummen Nigger am Rockzipfel zu haben. Sterne zuckte angewidert die Schultern. Was war es? Faulheit, oder was?

Der alte Schiffer mußte schon seit Jahren immer fauler geworden sein. Das wurden sie alle hier draußen im Osten (Sterne war sich der eigenen unversehrten Tatkraft wohl bewußt); sie wurden ganz schlapp. Der Alte auf der Brücke aber hielt sich sehr gerade, und tief neben ihm sah man, wie wenn ein kleines Kind über eine Tischkante guckt, den verwitterten Filzhut und das braune Gesicht des Serangs über der weißen Segeltuchverkleidung der Reling lugen.

Nun stand ja allerdings der Malaie zweifellos weiter zurück, gegen das Rad zu; aber der bedeutende Unterschied in der Körpergröße belustigte Sterne, wie der Anblick eines Naturwunders. Es gab an Land so absonderliche Fische wie nur je im Meer.

Er sah Kapitän Whalley rasch den Kopf wenden, um zu seinem Serang zu sprechen; der Wind verwehte die ganze weiße Masse des Bartes nach seitwärts. Nun wies der Alte den Burschen wohl an, für ihn nach dem Kompaß zu sehen oder sonst etwas. Natürlich. Zuviel Mühe, um selbst nachzusehen. Sternes Verachtung für die körperliche Trägheit, die weiße Männer im Osten überkommt, wuchs beim Nachdenken noch mehr. Einige unter ihnen wären einfach verloren, wenn sie nicht diese Eingeborenen, ihrer Winke gewärtig, zur Hand hätten; sie wurden ganz schamlos darin. Er selbst war nicht von der Art, Gott sei Dank. Ihm lag es nicht, sich in einer Arbeit auf irgendeinen verrunzelten, kleinen Malaien zu verlassen. Als ob man sich je in irgendeiner Sache auf einen der dummen Eingeborenen verlassen konnte! Aber der feine alte Mann schien anders zu empfinden. Da standen sie zusammen, niemals weit voneinander entfernt; ein Paar, das in einem unwillkürlich das Bild eines alten Wals erweckte, der von einem kleinen Lotsenfisch begleitet wird.

Die Lustigkeit des Vergleichs brachte ihn zum Lächeln. Ein Wal mit einem unzertrennlichen Lotsenfisch! So wirkte der alte Mann; denn man konnte nicht behaupten, daß er wie ein Haifisch aussah, obwohl Herr Massy ihm gerade diesen Namen gegeben hatte. Aber Herr Massy achtete nicht sehr darauf, was er während seiner Wutanfälle sagte. Sterne lächelte vor sich hin – und nach und nach erwachten in ihm Gedanken und Vorstellungen, anschließend an das Wort und das Bild des Lotsenfisches; Vorstellungen von Hilfe, von Führung, die gebraucht und empfangen wurde, drängten sich vor; das Wort Lotse erweckte den Gedanken an Treue, Verläßlichkeit, Willkommensein, scharfäugige Hilfe für den Seemann, der im Dunklen nach dem Lande sucht: blindlings im Nebel sucht, in dickem Wetter, bei Sturm sich vorwärtstastet, während die Luft ringsum von einem salzigen Nebel erfüllt ist, der von der See aufstiebt, und der Horizont ringsum auf Greifweite zusammengeschrumpft scheint.

Ein Lotse sieht besser als ein Fremder, weil seine Ortskenntnis, wie ein schärferes Gesicht, die flüchtigen Umrisse der Dinge und Formen ergänzt, die Sprühnebel, die bei Sturm über das Land gebreitet scheinen, durchdringt, mit Sicherheit die Linie einer Küste erkennt, die unter dichtem Nebel liegt oder Landmarken ausmacht, die in einer sternenlosen Nacht wie in einem dunklen Grab verschlossen scheinen. Er erkennt sie, weil er um ihr Dasein weiß. Weit weniger als auf sein scharfes Auge verläßt sich der Lotse auf diese genaue Ortskenntnis, um den Standpunkt des Schiffes zu bestimmen, denn von der genauen Kenntnis dieses Standpunktes kann unter Umständen der gute Ruf eines Mannes abhängen, seine Seelenruhe, die Rechtfertigung des Vertrauens, das man in ihn gesetzt hat, und überdies noch sein eigenes Leben, das wegzuwerfen selten sein alleiniges Recht ist. Das Wissen eines Lotsen bringt dem Kapitän eines Schiffes erlösende Gewißheit; dem Serang aber, wenn man ihn spaßhaft als Lotsenfisch gelten ließ, der einen Wal begleitete, dem Lotsenfisch also war ein solches höheres Wissen nicht zuzutrauen. Wie sollte er es haben? Die beiden Männer waren gleichzeitig auf diese Route gekommen – der Weiße und der Braune – am selben Tage: und natürlich mußte doch ein Weißer in einer Woche mehr lernen, als der fähigste Eingeborene in einem Monat. Der Kapitän ließ ihn nicht von der Seite, als ob er ihn irgendwo brauchte – wie ein Lotsenfisch, wie man sagt, dem Wal von Nutzen ist. Doch wie sollte das sein? – Wie? Ein Lotsenfisch – ein Lotse, ein... Aber wenn es nicht höheres Wissen war, dann...

Sternes Entdeckung war gemacht. Sie widerstrebte seiner Einbildungskraft, erschütterte seinen Begriff von Ehrbarkeit und seinen Glauben an die Menschheit überhaupt. Diese Ungeheuerlichkeit eröffnete ganz neue Ausblicke, was in dieser Welt überhaupt möglich war: es schien, als wäre die Sonne plötzlich blau geworden und würfe nun ein neues, unheimliches Licht auf Dinge und Menschen. Im ersten Augenblick hatte er sich tatsächlich übel gefühlt, als hätte er einen Schlag unterhalb des Gürtels bekommen; eine Sekunde lang schien sogar die Lage der See verändert, seinem wandernden Blick fremd; und in allen Gliedern hatte er kurz das Gefühl, als hätte sich die Erde in entgegengesetzter Richtung zu drehen begonnen.

Eine sehr natürliche Ungläubigkeit, die auf diesen Gefühlsaufruhr folgte, schuf ihm eine gewisse Erleichterung. Er schnappte nach Luft; dann war es vorbei. Später am Tage aber hatte er während all seiner Beschäftigungen immer wieder Anfälle haltloser Verwunderung. Er schüttelte den Kopf. Seine Ungläubigkeit war fast so schnell verflogen wie die erste Erregung über seine Entdeckung, und während der nächsten vierundzwanzig Stunden fand er keinen Schlaf. So konnte es nicht weitergehen. Während der Mahlzeiten (er saß am unteren Ende des Tisches, der für die Weißen auf der Brücke gedeckt war) konnte er nicht umhin, sich wie gebannt in die Betrachtung von Kapitän Whalley zu verlieren, der ihm gegenübersaß. Er beobachtete die vorsichtige Aufwärtsbewegung des Armes; der alte Mann führte seine Nahrung zu den Lippen, als verspräche er sich keinerlei Freude von dem Genuß, als wüßte er gar nichts davon. Er aß wie ein Traumwandler. ›Ein schauerlicher Anblick‹, dachte Sterne; und er belauerte die langwährende, trübe Unbeweglichkeit des Armes, wobei eine große braune Hand wie tot neben dem Teller lag, bis er merkte, daß die beiden Ingenieure zur

Rechten und zur Linken ihn erstaunt ansahen. Dann schloß er schnell den Mund, senkte den Blick und zwinkerte zu seinem Teller hinunter. Es war schauerlich, den alten Burschen dort sitzen zu sehen; es war sogar noch schauerlicher, zu denken, daß er ihn mit drei Worten in die Luft sprengen konnte. Alles, was er zu tun hatte, war, die Stimme zu erheben und einen einzigen, kurzen Satz auszusprechen. Und doch erschien diese einfache Sache so unmöglich wie der Versuch, die Sonne von ihrem Platz am Himmel zu verrücken. Der alte Bursche konnte in seiner entsetzlich mechanischen Art essen; Sterne aber konnte es vor lauter Erregung nicht – an jenem Abend jedenfalls nicht.

Er hatte seither reichlich Zeit gehabt, sich an die Anstrengung der Mahlzeiten zu gewöhnen. Er hätte es nie geglaubt. Aber man gewöhnt sich ja an alles; doch verhinderte gerade die Größe seines Erfolges alle Siegesfreuden. Er fühlte sich wie ein Mann, der auf der ehrlichen Suche nach einem geladenen Gewehr, das ihm auf seinem Weg durch die Welt vorwärtshelfen sollte, etwa zufällig an ein Torpedo geraten ist – an ein richtiges Torpedo, mit einer Sprengladung in der Spitze und einer Menge Preßluft, von vielen Atmosphären Druck, im Hinterende. Das ist natürlich eine Art Waffe, die dem Besitzer sehr wohl einiges Kopfzerbrechen verursachen kann. Er hatte keine Lust, selbst in die Luft zu fliegen; und er konnte das Gefühl nicht loswerden, daß die Explosion notwendig ihn selbst ebenfalls schädigen mußte.

Diese unbestimmte Befürchtung hatte ihn zunächst zurückgehalten. Er war nun imstande, mit einer furchtbaren Waffe zur Seite, zu essen und zu schlafen, im steten Bewußtsein ihrer Unwiderstehlichkeit. Zu dieser Überzeugung war er nicht durch vieles Nachdenken gekommen: sobald aber der Gedanke in seinem Kopf entstanden war, hatte sich unmittelbar anschließend die Überzeugung aus einer Menge kleiner Beobachtungen gebildet, denen er vorher kaum Beachtung geschenkt hatte. Das unvermittelte und zitterige Sprechen; dann wieder das Schweigen, das wie ein Panzer angetan wurde; die bedächtigen, wie berechneten Bewegungen; die lange Unbeweglichkeit, als hätte der Mann, den er belauerte, sich gefürchtet, die Luft in Schwingungen zu versetzen. Jede kleinste Gebärde, jedes Wort, das in seiner Hörweite ausgesprochen wurde, jeder Seufzer, den er aufschnappte, alles hatte eine besondere Bedeutung gewonnen und dazu gedient, seine Überzeugung zu bekräftigen.

Jeder Tag, der über die *Sofala* hinging, schien Sterne vollgefüllt mit Beweisen, mit unwiderleglichen Beweisen. Nachts während seiner Freiwache pflegte er sich im Pyjama aus seiner Kajüte herauszustehlen (auf der Suche nach neuen Beweisen) und mitunter eine volle Stunde mit bloßen Füßen auf der Brücke zu stehen, gleich unbeweglich wie einer der nahen Stützpfosten des Sonnensegels. Auf Strecken, wo die Schiffahrt keine Schwierigkeiten bietet, ist es für den Kapitän eines Küstenfahrers nicht üblich, während seiner Wache selbst auf Deck zu bleiben. Gewöhnlich tut der Serang für ihn Dienst; in offenem Wasser und bei geradem Kurs wird ihm meistens die Sorge für das Schiff anvertraut. Dieser alte Mann aber schien unfähig, ruhig unten zu bleiben. Er konnte wohl nicht schlafen. Kein Wunder. Auch das war ein Beweis. Plötzlich hörte Sterne wohl durch das Schweigen des Schiffes, das durch die stille, dunkle See eilte, oben auf der Brücke eine leise Stimme mit verhaltener Erregung fragen:

„Serang?“

„Tuan!“

„Du paßt genau auf den Kompaß auf!“

„Jawohl, Tuan, ich passe auf.“

„Das Schiff läuft seinen Kurs?“

„Jawohl, Tuan, ganz gerade.“

„Es ist gut; und denke daran, Serang, der Befehl geht dahin, daß du auf den Steuermann achten und sorgfältig Ausschau halten sollst, als wäre ich nicht auf Deck.“

Wenn dann der Serang geantwortet hatte, hörte das leise Sprechen auf der Brücke auf, und alles um Sterne schien in noch tieferes Schweigen zu versinken. Leicht fröstelnd und mit von der langen Unbeweglichkeit schmerzendem Rücken stahl er sich dann zu seiner Kabine nach Backbord zurück. Damals hatte er schon längst den letzten Rest von Ungläubigkeit abgetan; von den ursprünglichen Gefühlen, die durch die Entdeckung aufgerührt worden waren, war nur eine Spur der ersten Scheu geblieben. Nicht eine Scheu vor dem Manne selbst – er konnte ihn mit sechs Worten einfach in die Luft sprengen –, sondern eher eine Art scheuer Entrüstung über die Rücksichtslosigkeit filzigen Geizes (was sonst konnte es sein?), über die verrückte, finstere Entschlußkraft, die um einiger Dollars willen alle Gebote des Gewissens zu mißachten und geradezu gegen die Vorsehung ankämpfen zu wollen schien.

Auf der ganzen weiten Welt war sicher kein zweiter Mann wie dieser zu finden – Gott sei Dank. In der Enthüllung lag etwas so höllisch Eindrucksvolles, daß es einem den Atem nahm.

Auch andere Erwägungen hatten sich seinem Verstande aufgedrängt und ihm von Tag zu Tag die Zunge gebunden. Nun schien es ihm, als wäre es leichter gewesen, in der allerersten Stunde der Entdeckung zu sprechen. Er bedauerte es fast, nicht sofort Lärm geschlagen zu haben. Doch die Ungeheuerlichkeit der Eröffnung selbst... Wie denn – er konnte sie kaum selbst begreifen, geschweige denn einem andern begreiflich machen. Überdies konnte man mit einem Desperado dieser Art nie vorsichtig genug sein. So verrückt es auch scheinen mochte, so stand doch zu erwarten, daß der Alte sich wehren würde. Einem Burschen, der einen solchen Betrug in Szene zu setzen gewagt hatte, war alles zuzutrauen; einem Burschen, der sich geradezu gegen Gottes Allmacht selbst erhoben hatte. Er war ein grausiges Wunder – das war er: er war recht wohl imstande, den Spieß schamlos umzudrehen, bis er es erreicht hatte, daß er (Sterne) vom Schiff gejagt wurde und alle Aussichten in diesem Teil des Ostens verscherzt hatte. Wenn man es aber vorwärtsbringen will, dann muß man auch etwas wagen. Manchmal warf Sterne sich vor, er habe es sich allzulange überlegt, zur Tat zu schreiten; und schlimmer noch, es war so weit gekommen, daß er gegenwärtig nicht mehr wußte, was eigentlich zu tun sein konnte.

Massys wütend schlechte Laune war zu entmutigend. Sie war ein unberechenbarer Faktor in der Sachlage. Man konnte nicht wissen, was hinter dem beleidigenden Gepolter steckte. Wie konnte man einem solchen Charakter trauen? Sterne empfand keine körperliche Angst für die eigene Person, fürchtete aber stark für die eigenen Aussichten.

Obwohl er natürlich dazu neigte, sich selbst eine außergewöhnliche Beobachtungsgabe zuzusprechen, so hatte er nun doch schon zu lange mit seiner Entdeckung hingelebt. Er hatte für nichts anderes mehr Augen gehabt, bis ihm eines Tages eingefallen war, die Sache sei zu handgreiflich, als daß sie irgend jemand übersehen könnte. An Bord der *Sofala* waren vier Weiße. Jack, der Zweite Ingenieur, war zu einfältig, um etwas zu bemerken, das außerhalb seines Maschinenraumes lag; so blieb Massy – der Reeder – der wahrhaft Beteiligte der vor Kummer fast verrückt war. Sterne hatte an Bord mehr als genug gesehen und gehört, um die Ursachen seiner Schmerzen zu erkennen; doch seine Verzweiflung schien ihn für vorsichtige Eröffnungen taub zu machen. Hätte er es nur gewußt – da hatte er ja gerade das, was er wünschte. Aber wie konnte man mit einem solchen Mann verhandeln? Es war, als ginge man in eine Tigerhöhle, mit einem Stück Fleisch in der Hand. Dabei war es auch mehr als wahrscheinlich, daß man zum Dank für alle seine Mühe zerrissen wurde. Tatsächlich drohte Massy immer gerade damit; und die Dringlichkeit des Falles, zugleich mit der Unmöglichkeit sicherer Behandlung, ließen Sterne während seiner Freiwachen sich schlaflos in seiner Koje wälzen, als läge er in schwerem Fieber.

Ereignisse, wie die Überquerung der Sandbank eben vorhin, waren für seine Aussichten äußerst bedrohlich. Er wollte nicht durch ein plötzliches Unglück überrascht werden. Da Massy auf der Brücke gewesen war, so hatte sich der alte Mann wohl, wie er dachte, zusammennehmen und einen Versuch wagen müssen. Aber es wurde nun tatsächlich schlimm mit ihm, ganz schlimm. Sogar Massy hatte es diesmal gewagt, eine Bemerkung zu machen; am Fuße der Leiter hatte Sterne des anderen klägliche und unzusammenhängende Vorstellungen mit angehört. Zum Glück war der Kerl furchtbar dumm und konnte die Ursache für all dies nicht erkennen.

Man konnte ihn allerdings nicht sehr tadeln deswegen; es war ein kluger Mann nötig, um die Ursache zu ergründen. Trotzdem war es höchste Zeit, etwas zu tun. Das Spiel des alten Mannes konnte nicht mehr allzulange durchgehalten werden.

„Ich kann bei dieser Narretei noch mein Leben verlieren – nicht nur meine Aussichten", murmelte Sterne ärgerlich vor sich hin, nachdem der gebeugte Rücken des Ersten Ingenieurs um die Ecke des Oberlichts herum verschwunden war. Ja, ganz fraglos, dachte er; doch konnte es seine Aussichten nicht verbessern, wenn er mit seinem Wissen herausplatzte. Im Gegenteil, er würde sie höchstwahrscheinlich endgültig verderben. Er fürchtete einen neuerlichen Fehlschlag. Es war ihm dunkel bewußt, daß seine Mitmenschen in diesem Teil der Welt ihn nicht sonderlich liebten; unbegreiflich genug, denn er hatte ihnen nichts getan. Neid, vermutete er. Die Leute waren ja immer hinter einem aufgeweckten Burschen her, der kein Geheimnis aus seinem festen Willen machte, vorwärtszukommen. Seine Pflicht zu tun und sich auf die Dankbarkeit dieses Viehs von Massy zu verlassen, wäre absoluter Wahnsinn. Er war eine böse Nummer: unmännlich! Ein heimtückischer Kerl! Grundschlecht! Ein Vieh! Ein Vieh, ohne irgend etwas Menschliches an sich; ohne bloße Neugier sogar, sonst hätte er doch sicherlich ein wenig auf alle die Andeutungen geachtet, die ihm gemacht worden waren... Diese Unempfindlichkeit war fast geheimnisvoll. Sterne hatte den Eindruck, als hätte Massys Verzweiflung ihn über das bei Reedern sonst übliche Maß von Dummheit hinaus verblödet.

Sterne verlor sich in Betrachtungen über diese Dummheit. Sein starrer Blick war ohne Zwinkern auf die Deckplanken gerichtet.

Die leise Bewegung, die den ganzen Rumpf des Schiffes durchzitterte, machte sich im Fluß deutlich bemerkbar, der schattig und still wie ein Waldweg dalag. Die *Sofala* hatte in ruhiger Fahrt den Küstengürtel von Schlamm und Morast hinter sich gelassen. Die Ufer waren höher geworden, ragten steil auf, und der Urwald mit großen Bäumen kam bis an ihren Rand. Wo das Erdreich von den Fluten angenagt war, zeigten sich tiefbraune Schnittflächen und ein Gewirr von Wurzeln, die aussahen, als kämpften sie untereinander; und in der Luft führten die verschlungenen Äste, von Schlingpflanzen verbunden und belastet, den Kampf ums Dasein weiter, vermischten ihr Laubwerk zu einer festgefügten Blättermauer, die da und dort ein ungeheurer, dunkler Säulenschaft durchbrach; oder eine zackige Öffnung, wie von einer Kanonenkugel gerissen, ließ das undurchdringliche Düster, den Jahrhunderte alten, unverletzlichen Schatten des Urwalds deutlich erkennen. Der Schlag der Maschinen wiederholte sich regelmäßig wie der eines Zeitmessers, der etwa zu dem großen Schweigen den Takt schlüge; der Schatten der westlichen Waldmauer war über den Fluß gefallen, und der Rauch, der aus dem Schornstein nach achtern schlug, verwehte langsam hinter dem Schiff, breitete einen dünnen Schleier über das dunkle Wasser, das, von der Flut gehemmt, in der ganzen Länge der Stromstrecken stillzustehen schien.

Sternes Körper erzitterte, wie auf dem Fleck festgewachsen, von Kopf bis Fuß im Takt mit der inneren Erschütterung des Schiffes; von unten scholl gelegentlich ein Klang von Eisen herauf oder ein lauter Ruf; rechts von ihm fingen die Blätter der Baumgipfel die Strahlen der niedrigstehenden Sonne ab, schienen in eigenem, goldgrünem Lichte zu leuchten und standen scharf gegen den blaßblauen Himmel, der sich wie ein Zeltdach über dem Fluß wölbte. Die Fahrgäste für Batu-Beru knieten auf Deck und waren emsig dabei, ihre Schlafmatten zusammenzurollen; sie schnürten Bündel, ließen die Schlösser von Holzkisten einschnappen. Ein pockennarbiger Hausierer warf den Kopf zurück, um sich die letzten Tropfen aus einer irdenen Flasche in den Hals zu schütten, bevor er sie in eine Deckenrolle wegpackte. Reisende Händler standen in Gruppen auf Deck herum und unterhielten sich halblaut; das Gefolge eines kleinen Rajahs von der Küste unten, einfache, junge Leute mit breiten Gesichtern, in weißen Hosen und runden, weißen Baumwollmützen, die bunten Sarongs kreuzweise um die Bronzeschultern geschlungen, hockten auf der Großluke auf ihren Fersen und kauten Betel mit hellroten Mündern, als schmatzten sie Blut. Ihre Speere, die aufgehäuft inmitten des Kreises ihrer nackten Zellen lagen, schienen ein Zufallsgewirr trockener

Bambusrohre; ein dünner, blaßgelber Chinese, der ein in Blätter eingeschlagenes Bündel schon unter dem Arm hielt, sah gespannt voraus; ein wandernder Kling rieb sich die Zähne mit einem Holzstückchen und spie einen Strom von Wasser über Bord; der fette Rajah döste in einem schäbigen Deckstuhl. – Und sooft das Schiff um eine Krümmung bog, liefen die beiden Blättermauern wieder parallel längs der Ufer hin; ihre undurchdringliche Glätte verlor sich gegen den Gipfel zu in die nebeligen Umrisse der zahllosen, frei hinausragenden Zweige der jungen, zarten Sprößlinge, die aus der äußersten Spitze grauer Stämme frei hinausschossen, und der fedrigen Ausläufer von Schlingpflanzen, die wie ein silberner Sprühregen in der Luft hingen. Nirgends war das Anzeichen einer Lichtung zu entdecken, keine Spur menschlicher Wohnungen, bis schließlich an der Spitze eines kleinen Vorsprungs, unter einer einzelstehenden Gruppe schlanker Baumfarne die verwitterten, zertrümmerten Überreste einer alten Hütte auf Pfählen auftauchten; die zerstörten Bambuswände sahen aus, als hätte man sie mit der Keule zerschmettert. Ein Stück weiter, halb verborgen unter den niederhängenden Büschen, war ein Kanu mit einem Mann, einer Frau und einem Haufen grüner Kokosnüsse, das hilflos schaukelte, nachdem die *Sofala* vorbeigefahren war, wie ein Wasserfahrzeug unternehmungslustiger Insekten, reisender Ameisen etwa. Vom Bug des Schiffes aber ging die ganze Zeit über nach jeder Seite je eine feine, glasige Wasserfalte aus, machte die Fahrt stromaufwärts mit und brach sich am Ufer in leichtem Gekräusel.

›Ich muß‹, dachte Sterne, ›ich muß dieses Vieh von Massy stellen. Die Geschichte wird schließlich gar zu dumm. Da oben sitzt der alte Mann in seinem Stuhl begraben – er könnte genauso gut im Grabe liegen, er wird ja doch nie mehr in der Welt zu etwas nütze sein und der Serang tut Dienst. Jawohl, das tut er. Kapitänsdienst. An dem Platz, der von Rechts wegen meiner wäre. Ich muß dieses wilde Vieh stellen. Ich will es augenblicklich tun...‹

Als der Erste sich unvermittelt in Bewegung setzte, wurde ein kleiner, brauner, halbnackter Bursche mit großen schwarzen Augen, eine Schnur mit einem beschriebenen Amulett um den Hals, von Panik ergriffen. Er ließ die Banane fallen, an der er geknabbert hatte und rannte auf die Knie eines großen, dunklen Arabers in fließenden Gewändern zu, der auf einem gelben, mit Ratanseilen verschnürten Blechkoffer saß. Der Vater, unbewegt, streckte die Hand aus, um den kleinen, glattgeschorenen Kopf beschirmend zu streicheln.

XI

Sterne überquerte das Deck auf der Spur des Ersten Ingenieurs. Jack, der Zweite, zeigte ihm, während er rücklings die Leiter zum Maschinenhaus hinabkletterte und dabei immer noch seine Hände abwischte, ein unverständliches Blecken weißer Zähne aus dem rußschwarzen Gesicht; Massy war nirgends zu sehen. Er mußte geradenwegs in seine Kabine gegangen sein, und Sterne kratzte leise an der Tür, legte dann die Lippen an die Rosette des Ventilators und sagte:

„Ich muß Sie sprechen, Herr Massy. Bitte schenken Sie mir eine Minute oder zwei."

„Ich bin beschäftigt. Gehen Sie von meiner Tür weg."

„Aber bitte, Herr Massy..."

„Gehen Sie weg! Hören Sie? Packen Sie sich – ans andere Ende des Schiffes – ganz fort meinetwegen..." Die Stimme wurde plötzlich leise. „Zum Teufel."

Sterne machte eine Pause und fragte dann sehr ruhig:

„Es ist dringend. Wann glauben Sie wohl, für mich frei zu sein?"

Die Antwort hierauf war ein verzweifeltes „Niemals!" worauf Sterne mit entschlossenem Gesicht den Türgriff umdrehte.

Herrn Massys Staatskabine – eine enge einbettige Kabine – roch scharf nach Seife und bot sich dem Blicke rein gewaschen, abgestaubt und schmucklos sauber dar; doch grenzte die Schmucklosigkeit an Öde, und die Strenge des Raumes wirkte unmenschlich, wie die des Stationszimmers in einem öffentlichen Krankenhause, oder besser – wegen der geringen Größe – wie die letzte Zuflucht eines verzweifelt armen, peinlich ordentlichen Menschen. Kein einziger Photographierahmen schmückte die Schotte; kein einziges Kleidungsstück, nicht einmal eine Mütze hing an den Messinghaken. Die Innenwände waren einfarbig blaßblau gestrichen; zwei große Schiffskoffer mit Segeltuchüberzügen und Vorlegeschlössern paßten genau in den Raum unter der Koje. Ein einziger Blick genügte, um die ganze Fläche des sauber gescheuerten Bretterfußbodens innerhalb der vier unverstellten Ecken zu umfassen. Das Fehlen der üblichen Ruhebank war auffallend; der Oberteil des Waschtisches, aus Teakholz, schien luftdicht verschlossen ebenso wie der Deckel des Schreibtisches, der aus der Zwischenwand am Fußende der Bettstelle hervorragte; auf dem Bett lag eine Matratze, dünn wie ein Pfannkuchen, unter einer fadenscheinigen Decke mit verschossenen, roten Streifen und einem zusammengefalteten Moskitonetz, für die Nächte im Hafen. Nirgends war ein Papierschnitzel zu sehen, keine Stiefel standen auf dem Fußboden, nirgends der kleinste Abfall oder ein Staubfleck; nicht einmal Spuren von Pfeifenasche, was bei einem starken Raucher geradezu aufreizend wirkte, wie unverschämte Heuchelei; und die Sitzfläche des alten, hölzernen Armstuhls (der einzigen Sitzgelegenheit), von vielem Gebrauch blankgewetzt, sah aus, als wäre ihrer Schäbigkeit mit Wachs aufgeholfen worden. Das Gewirr der Blätter am Ufer, das wie abgerollt, endlos an der runden Öffnung der Stückpforte vorbeiglitt, schickte ein zitteriges Netzwerk von Licht und Schatten in den Raum.

Sterne hielt die Tür mit einer Hand offen und schob Kopf und Schultern durch den Spalt. Bei diesem überraschenden Einbruch sprang Massy, der durchaus gar nichts getan hatte, sprachlos auf.

„Sparen Sie sich die Schimpfworte“, murmelte Sterne hastig. „Ich will nicht beschimpft werden. Ich habe nichts als Ihr Bestes im Sinn, Herr Massy.“

Es folgte eine Pause, wie von äußerster Überraschung. Beide schienen die Sprache verloren zu haben. Dann fuhr der Erste ziemlich geläufig fort:

„Sie können sich einfach nicht vorstellen, was an Bord Ihres Schiffes geschieht. Es könnte Ihnen keinen Augenblick lang in den Sinn kommen. Sie sind zu gut – zu – aufrecht, Herr Massy, um einem Menschen etwas Derartiges zuzutrauen, etwas so... Die Haare könnten einem darüber zu Berge stehen."

Er lauerte auf die Wirkung: Massy seinen verblüfft und verständnislos. Er strich nur mit der Handfläche über die kohlschwarzen Haarsträhnen, die auf seinem Scheitel angepickt waren. Sterne wechselte unvermittelt den Ton und fuhr kühn vertraulich fort:

„Erinnern Sie sich daran, daß der Vertrag nur noch sechs Wochen läuft..." Der andere sah ihn steinern an... „und so werden Sie also jedenfalls in nicht allzu langer Zeit einen Kapitän für das Schiff brauchen."

Da erst, als hätte diese Äußerung ihn wie rotglühendes Eisen ins Fleisch getroffen, fuhr Massy auf und schien schreien zu wollen. Er bezwang sich mit größter Mühe.

„Einen – Kapitän – brauchen", wiederholte er langsam und verächtlich. „Wer braucht einen Kapitän? Sie wagen es, mir zu sagen, daß ich einen von euch aufschneiderischen Seeleuten brauche, um mein Schiff zu führen? Sie und Ihresgleichen haben sich durch Jahre an mir gemästet. Mir wäre es leichter gefallen, mein Geld über Bord zu werfen. Un – ver – schäm – te, unnütze Tagediebe. Das alte Schiff versteht genauso viel wie der Beste unter euch." Er schnappte hörbar die Zähne zusammen und knirschte dazwischen hervor: „Das dumme Gesetz verlangt einen Kapitän."

Sterne hatte sich inzwischen wieder gefaßt.

„Und die dummen Kerle von der Versicherung desgleichen", sagte er leichthin. „Aber lassen wir das. Was ich fragen wollte, ist: warum sollte ich das nicht machen können, Herr? Ich sage ja nicht, daß Sie nicht so gut wie einer von uns Seeleuten Ihr Schiff durch die Welt führen könnten. Es könnte mir nicht einfallen, Ihnen etwa sagen zu wollen, daß es eine allzu große Kunst ist…“ Dazu stieß er ein kurzes vertrauliches Lachen aus. „Ich habe das Gesetz nicht gemacht – aber es ist nun einmal da; und ich bin ein tätiger junger Bursche; ich pflichte Ihren Ideen völlig bei; ich kenne Ihre Ansichten nun schon, Herr Massy. Ich würde nie versuchen, mich aufzuspielen, wie der – hm – der Faulpelz von einem alten Mann dort oben.“

Er legte besonderen Nachdruck auf den letzten Satz, um Massy von der Fährte wegzulocken… doch zweifelte er nicht daran, daß ihm nun der Erfolg gewiß war. Der Erste Ingenieur schien außer sich, wie ein langsamer Mensch, den man auffordert, eine Art Kreisel zu fangen.

„Was Sie brauchen, Herr, das ist ein Kerl ohne alle Anmaßung, der sich damit zufrieden gibt, einfach Ihr Navigationsoffizier zu sein. Das ist auch ganz in Ordnung. Nun, ich tauge für den Posten genauso gut wie der Serang. Denn darauf läuft es hinaus. Wissen Sie denn, Herr, daß ein verdammter Malaie wie ein Affe Ihr Schiff unter sich hat – und niemand sonst! Hören Sie nur, wie seine Füße über uns auf der Brücke hin und her klatschen – ganz wie ein Offizier vom Dienst. Er führt das Schiff stromaufwärts, während der große Mann sich in seinem Stuhl herumlümmelt – vielleicht schläft; und täte er das, so wäre es darum auch nicht viel schlimmer – mein Wort darauf.“

Er versuchte, sich weiter vorzuwagen. Massy stand mit gesenkter Stirn da, mit einer Hand die Armlehne des Stuhles umklammernd, und rührte sich nicht.

„Sie glauben, Herr, daß der Mann Sie in seinem Vertrag festgelegt hat…“ Hierbei hob Massy sein wuchtiges, finsteres Gesicht… „Nun, Herr, man kann ja nicht anders, als an Bord gelegentlich davon hören. Es ist kein Geheimnis. Und es hat durch Jahre den Gesprächsstoff an Land gebildet; ich kenne Leute, die deswegen Wetten abgeschlossen haben. Nein, Herr! Sie sind es, der ihn auf Gnade und Ungnade in der Hand hat. Sie werden mir sagen, daß Sie ihn nicht wegen Gleichgültigkeit entlassen können. Schwer vor Gericht zu beweisen und so weiter. Nun ja. Aber wenn Sie mir das rechte Wort sagen, Herr, so kann ich Ihnen etwas über seine Gleichgültigkeit erzählen, das Ihnen das sonnenklare Recht geben wird, ihn auf der Stelle hinauszufeuern und mich für das Ende dieser selben Reise an seine Stelle zu setzen – jawohl, Herr, bevor wir Batu-Beru verlassen – und ihn einen Dollar im Tag zahlen zu lassen, bis wir zurückkommen, wenn es Ihnen so gefällt. Nun, was sagen Sie dazu; Kommen Sie, Herr! Sagen Sie das Wort. Es ist wirklich der Mühe wert, und ich bin durchaus bereit, mich mit Ihrem bloßen Wort zufriedenzugeben. Eine bindende Zusage von Ihnen ist mir genauso gut wie ein Vertrag."

Seine Augen begannen zu glänzen. Er drängte. Eine einfache Zusage – und dabei dachte er in seinem Innern, er wollte es schon fertigbringen, auf seinem Posten zu bleiben, solange es ihm paßte; das Schiff hatte in seinem Heimathafen einen schlimmen Namen; es würde nicht schwer sein, die Burschen abzuschrecken. Massy würde ihn behalten müssen.

„Eine bindende Zusage meinerseits würde genügen", wiederholte Massy langsam.

„Jawohl, Herr, das würde sie."

Sterne schob lustig das Kinn vor und zwinkerte aus nächster Nähe mit der unbewußten Schamlosigkeit, die Massy über jedes Maß hinaus wütend machen konnte.

Der Ingenieur sprach sehr deutlich.

„Hören Sie mich gut an, Herr Sterne: ich würde – hören Sie mich; ich würde Ihnen nicht zwei Pence für eine Mitteilung versprechen, die Sie mir machen könnten."

Er stieß Sternes Arm heftig weg, faßte den Türgriff und schlug die Tür zu. Der furchtbare Krach verdunkelte einen Augenblick lang die Kajüte vor seinen Augen, wie nach dem Blitz einer Explosion. Gleich darauf ließ er sich in den Stuhl fallen. „O nein! Du nicht!" flüsterte er leise.

Das Schiff mußte an jener Stelle so hart am Ufer vorbei, daß der Blätterwall wie ein Laden eng an der Stückpforte hinstreifte; die Finsternis des Urwaldes schien sich in die kahle Kajüte zu ergießen, zugleich mit dem Geruch faulender Blätter, gärenden Bodens – mit dem starken, schlammigen Geruch der lebenden Erde, die nackt dampfte, nachdem eine Sintflut über sie weggegangen war. Die Büsche rauschten hell dem Schiff entlang; oberhalb gab es ein wiederholtes Knacken, gefolgt von einem Regen kleiner gebrochener Zweige auf die Brücke; eine Schlingpflanze hing sich mit scharfem Rascheln an einen Bootshaken, und jetzt schlug ein langer, üppiger, grüner Zweig zu der offenen Stückpforte herein und ließ auf Herrn Massys Bettdecke ein paar abgerissene Blätter zurück. Dann scherte das Schiff wieder in den Strom hinaus, das Licht begann zurückzukehren, erhob sich aber nicht über eine leichte Dämmerung, denn die Sonne stand schon sehr niedrig, und der Fluß, der sich durch eine Unmenge hundertjähriger Bäume wie auf dem Grunde einer tiefen Schlucht hinwand, lag schon in den sinkenden Schatten – den raschen Vorboten der Nacht.

„O nein, du nicht!“ murmelte der Ingenieur nochmals. Seine Lippen zitterten fast unmerklich; ein wenig auch seine Hände; und um sich zu beruhigen, öffnete er den Schreibtisch, breitete ein dünnes, grauweißes Papier, mit einer Unmenge von Zahlen bedruckt, vor sich aus und begann diese, mindestens zum zwanzigsten Male während dieser Reise, aufmerksam durchzustudieren.

Die Ellbogen auf den Tisch, den Kopf zwischen die Hände gestützt, schien er in das Studium eines verzwickten mathematischen Problems verloren. Es war die Gewinnliste für die nächste Ziehung der großen Lotterie, die durch so viele Jahre die wahre Triebfeder für sein Handeln gebildet hatte. Er konnte sich ohne das regelmäßige Auftauchen dieses Blattes Papier kein Leben mehr vorstellen, so wie ein anderer Mann seiner Art nach unfähig gewesen wäre, sich eine Welt ohne frische Luft vorzustellen, ohne Tätigkeit oder Zuneigung. Durch Jahre hindurch hatte sich ein Stoß loser Blätter in seinem Schreibtisch gehäuft, während die *Sofala*, von dem treuen Jack geführt, bei dem endlosen Hin und Her durch die Meerengen, von Klippe zu Klippe, von Fluß zu Fluß, von Bai zu Bai, ihre Kessel verbraucht und durch diese harte Arbeit eines vernachlässigten, überanstrengten Schiffes nur die schwärzliche Menge dieser Dokumente vermehrt hatte. Massy hielt sie unter Schloß und Riegel, wie einen Schatz. Über ihnen lag, wie über der Lebenserfahrung, der Zauber der Hoffnung, der Reiz des halbgelüfteten Geheimnisses und eines halbgesättigten Wunsches.

Während jeder Reise pflegte er sich tagelang mit diesen Blättern in seiner Kajüte einzuschließen: der Schlag der arbeitenden Maschinen pulste in seinem Ohr; und er ermüdete sein Hirn, indem er die Reihen der zusammenhanglosen Zahlen durchflog, erstaunlich in ihrer sinnlosen Aufeinanderfolge, wie die Zufälle des Schicksals selbst. Er nährte insgeheim die Überzeugung, daß irgendwo auf dem Grunde dieser Zufallsergebnisse ein logisches Gesetz verborgen sein müsse, das er in seinen Umrissen schon erkannt zu haben glaubte. Sein Kopf wirbelte; die Glieder schmerzten ihn, er sog mechanisch an seiner Pfeife; ein atemloses Schauern verhalf der Unrast seines Wesens zu unbeteiligter Ruhe, wie ein Schlafmittel, ließ aber seinen Verstand ungeschwächt weiterarbeiten. Neun, neun, null, vier, zwei. Er machte eine Anmerkung. Als nächstes Los hatte den Haupttreffer die Nummer siebenundvierzigtausendundfünf gewonnen. Diese Nummern mußten natürlich in Zukunft vermieden werden, wenn er um die Lose nach Manila schrieb. Er murmelte, den Bleistift in der Hand: „... und fünf, hm... hm...“ Er feuchtete sich den Finger an; die Papiere raschelten. Ha! Aber was war das? Vor drei Jahren, in der Septemberziehung, hatte die Nummer neun, null, vier, zwei den Haupttreffer gemacht. Sehr merkwürdig! Hier lag der Hinweis auf ein endgültiges Gesetz! Er fürchtete nur, bei dem Übermaß des Studienmaterials irgendwelche verborgenen Andeutungen zu übersehen. Was konnte es sein! Und eine halbe Stunde lang blieb er totenstill, tief über den Tisch gebeugt, ohne einen Muskel zu rühren. Hinter ihm füllte sich die ganze Kajüte mit einer dicken Rauchwolke, als ob, ungesehen und ungehört, eine Bombe darin explodiert wäre.

Endlich schloß er nun den Schreibtisch mit der Entschiedenheit unerschütterten Vertrauens ab, sprang auf und ging hinaus. Er ging mit schnellen Schritten auf dem Teil des Vordecks hin und her, der von dem

Kram und den Leibern der eingeborenen Passagiere freigehalten war. Sie waren eine arge Belästigung, doch auch eine Quelle von Einnahmen, die nicht mißachtet werden durften. Er brauchte jeden Pfennig Gewinn, den die *Sofala* einbringen konnte. Es war ohnedies wahrhaftig wenig genug! Die Unsicherheit des Glücks beunruhigte ihn nicht, denn er war auf Umwegen zu der Überzeugung gekommen, daß im Laufe der Jahre jede Nummer beim Gewinn an die Reihe kommen mußte. Es war einfach eine Frage der Zeit, und überdies kam es darauf an, für jede Ziehung so viele Lose zu kaufen, wie er nur erschwingen konnte. Gewöhnlich kaufte er noch etwas mehr. Alle Einnahmen des Schiffes gingen den Weg, und desgleichen auch das Gehalt, das er sich als Erstem Ingenieur bewilligte. Die Gehälter, die er den anderen zahlen mußte, waren es, die er verbissen und leidenschaftlich bedauerte. Er schalt die Laskaren, die das Deck schrubbten, die Matrosen, die die Messingstangen mit Fettlappen putzten; er war schnell dabei, gegen den armen Zimmermann, einen schüchternen, kränklichen, opiumtrunkenen Chinesen mit weiten blauen Hosen als einzigem Kleidungsstück, die Fäuste zu schütteln und in schlechtem Malaiisch Beschimpfungen zu brüllen, bis dieser sein Werkzeug hinwarf und vor der Wut dieses ›Teufels‹, mit fliegendem Zopf, am ganzen Leibe zitternd, vom Deck davonstürzte. Wenn er aber seine Blicke auf die Brücke hinauf richtete, wo kraft des Gesetzes einer der verdammten Seeleute ständig auf Wache war, da erst wurde er fast verrückt vor Wut. Er verabscheute sie alle; das war noch ein Überbleibsel aus den Tagen, als er zur See gegangen war, ein recht ungehobelter Neuling, mit einer überhohen Meinung von sich selbst. Mit wieviel Geringschätzung war er damals überhäuft worden, wie viele Verfolgungen hatte er von den Kapitänen zu erleiden gehabt – die doch schließlich auf einem Dampfer die reinen Niemande waren. Und jetzt, da er es bis zum Reeder gebracht hatte, waren sie immer noch eine Plage für ihn: er hatte den eingebildeten, unnützen Laffen schweres, gutes Geld zu zahlen. Als wäre einem Ingenieur mit Patent – der überdies noch der Eigentümer war – nicht die gesamte Führung des Schiffes anzuvertrauen gewesen! Er machte ihnen die Hölle richtig heiß; aber das war ein schwacher Trost. Er war dahingekommen, das Schiff wegen der Reparaturen zu hassen, die es brauchte, wegen der Kohlenrechnungen, die zu zahlen waren und wegen der armseligen Frachtgebühren, die es einbrachte. Er ballte im Gehen oft die Hände und führte einen plötzlichen bösen Hieb gegen das Geländer, als könnte er das Schiff den Schmerz fühlen lassen. Und doch konnte er ohne das Schiff nicht sein; er brauchte es; er mußte sich mit Händen und Füßen daran klammern, um den Kopf über Wasser zu behalten, bis die erwartete Hochflut des Glückes ihn in die Höhe reißen und er heil am hohen Ufer seines Ehrgeizes landen würde.

Dieser Ehrgeiz ging nun dahin, nichts, durchaus nichts zu tun und Geld genug zu besitzen, um sich das leisten zu können. Er hatte die Macht gekostet, die Macht in der reinsten Form, die sich seine begrenzte Erfahrung ausmalen konnte – die Macht des Reeders. Welche Enttäuschung! Eitelkeit aller Eitelkeiten! Er wunderte sich über seine Torheit. Er hatte das Wesen für den Schatten hingegeben. Von den Freuden des Reichtums wußte er nicht genug, um sich an der Vorstellung erlesener Genüsse erhitzen zu können. Wie sollte er das auch, der Sohn eines betrunkenen Kesselschmiedes, der geradenwegs von der Werkstatt in den Maschinenraum eines kleinen Schiffes an der Nordküste gekommen war. Den unbedingten Müßiggang aber, den der Reichtum gestattet, den konnte er sehr gut begreifen. Er schwelgte in der Vorstellung davon, um seine gegenwärtigen Sorgen zu vergessen; er stellte sich vor, wie er durch die Straßen von Hull gehen würde (die er von seiner Knabenzeit her gut kannte), die Taschen mit Sovereigns gespickt. Er würde sich ein Haus kaufen; seine verheirateten Schwestern, deren Gatten, seine alten Kameraden von der Werkstatt, würden ihm endlose Ehren erweisen. Er würde an nichts zu denken haben. Sein Wort würde Gesetz sein. Er war lange stellungslos gewesen, bevor er seinen Haupttreffer gemacht hatte, und erinnerte sich noch daran, wie Carlo Mariani (allgemein bekannt als Charley Dickbauch), der Malteser Gastwirt am schäbigen Ende der Denham Street, abends, als die Nachricht gekommen war, ehrerbietig vor ihm gekatzbuckelt hatte. Der arme Charley gab, wenn er auch aus der Begünstigung verschiedener verwerflicher Laster seinen Lebensunterhalt zog, manch einem der gestrandeten Weißen das Essen auf Borg. Er hatte sich namenlos über die Aussicht gefreut, daß nun seine alte Rechnung bezahlt werden würde, und hatte wohl zuversichtlich eine Reihe von Festlichkeiten in dem unterirdischen Bierkeller erwartet. Massy erinnerte sich an die neugierigen, achtungsvollen Blicke der ›verkrachten‹ Weißen, die das Lokal bevölkerten. Die Brust war ihm geschwollen, und er hatte Charleys verrufene Kneipe augenblicklich, mit der Nase in der Luft, verlassen, sobald er die Möglichkeiten erfaßt hatte, die ihm offenstanden. Späterhin betrübte ihn die Erinnerung an jene Schmeicheleien sehr.

Das war die wahre Macht des Geldes – und dazu brauchte es keine Aufregung und kein großes Nachdenken. Er dachte mit Mühe und empfand heftig; seinem stumpfen Hirn schienen die Probleme, wie sie jedes geordnete Leben mit sich bringt, durch die offene Böswilligkeit der Menschen ihm persönlich in den Weg geworfen. Und alle hatten sich verschworen, um ihn als Reeder zum Nichts zu entwürdigen. Wie hatte er nur so närrisch sein können, das verfluchte Schiff zu kaufen! Er war abscheulich betrogen worden; der Betrug ging immer noch weiter; und während sich als Folgen seines unbedachten Ehrgeizes die Schwierigkeiten um ihn immer mehr häuften, kam er schließlich dazu, jedermann zu hassen, mit dem er je in Berührung gekommen war. Ein von Natur reizbares Temperament und eine verblüffende Feinfühligkeit für die Ansprüche der eigenen Person hatten ihm schließlich das Leben zu einer Art Hölle gemacht – einem Ort, wo seine verlorene Seele den Qualen böser Gedanken ausgeliefert war.

Nie aber hatte er jemand so bitter gehaßt wie den alten Mann, der eines Abends aufgetaucht war, um ihn vor völligem Verderb zu retten – vor der Verschwörung der verdammten Seeleute. Er schien vom Himmel heruntergefallen zu sein. Seine Schritte hallten in dem leeren Dampfer wider, zugleich mit der merkwürdigen, tiefen Stimme, die auf Deck oben fragend wiederholt hatte: „Herr Massy, ist Herr Massy da?“ Das alles war wie ein Wunder gewesen. Und als er aus den Tiefen des kalten Maschinenraums aufgetaucht war, wo er mit einer trübseligen Kerze in der ungeheuren Schattenwildnis der Maschinenteile herumgeleuchtet hatte, da war Massy wie gelähmt vor Staunen dem achtunggebietenden alten Mann mit dem Silberbart gegenübergestanden, der in der Dämmerung gegen den leuchtenden Abendhimmel vor ihm aufragte.

„Wollen mich in Geschäften sprechen? Was für Geschäften? Sehen Sie nicht, daß dieses Schiff aufgelegt ist?“ Massy hatte sich dem Unglück, das ihn verfolgte, gestellt. Dann aber konnte er seinen Ohren kaum trauen. Wo wollte der alte Bursche hinaus? So etwas kommt ja doch nicht vor! Es war ein Traum! Er würde wohl gleich aufwachen und den Mann nicht mehr vorfinden, verweht wie einen Nebelhauch. Der Ernst, die Würde, der feste und höfliche Ton des riesenhaften alten Fremden hatten Massy Eindruck gemacht. Er fürchtete sich beinahe. Aber es war kein Traum. Fünfhundert Pfund sind kein Traum. Plötzlich wurde er mißtrauisch. Was sollte das? Natürlich war es ein Anerbieten, das man um des lieben Lebens willen annehmen mußte. Aber was konnte dahinterstecken?

Sie verabredeten für den nächsten Morgen ein Zusammentreffen bei einem Rechtsanwalt; doch schon bevor sie sich daraufhin trennten, hatte Massy sich zu fragen begonnen: was ist sein Beweggrund? Er brachte die Nacht damit zu, immer neue Klauseln für den Vertrag zu ersinnen – für diesen Vertrag, der ganz einzig in seiner Art war, dessen Inhalt später auf irgendwelche Weise bekannt und zum Gesprächsstoff des ganzen Hafens wurde.

Massys Hauptsorge war es gewesen, sich möglichst viele Wege offenzuhalten, seinen Partner loszuwerden, ohne ihm sofort seinen Anteil zurückzahlen zu müssen. Kapitän Whalleys Anstrengungen waren darauf gerichtet gewesen, das Geld sicherzustellen. War es nicht Ivys Geld – ein Teil ihres Vermögens, dessen einzigen anderen Bestandteil der dem Alter trotzende Leib ihres Vaters bildete? Gewiß, kraft der Stärke seiner Liebe, für sie alles ertragen zu können, hatte er mit stiller Würde Massys dummschlaue Paragraphen bezüglich seiner Unfähigkeit, seiner Unehrlichkeit, seiner Trunkenheit angenommen, anderen, wichtigeren Abmachungen zuliebe. Nach Ablauf von drei Jahren sollte er frei sein, sich von dem Kompaniegeschäft zurückziehen und sein Geld mit sich nehmen können. Es war vorgesehen, daß eine Rücklage gebildet werden sollte, um ihn auszuzahlen. Wenn er aber die *Sofala* vor Ablauf der Frist verließ, ganz gleich aus welchem Grunde (Todesfall ausgenommen), dann sollte Massy ein volles Jahr Zeit zur Rückzahlung haben. „Krankheit?“ hatte der Rechtsanwalt angeregt, ein junger Mann, der frisch aus Europa gekommen, mit Geschäften nicht überlastet war und dem die Sache Spaß zu machen schien. Massy hatte darauf salbungsvoll erwidert: „Wie sollte das bei ihm zu erwarten sein ...“

„Lassen wir das“, hatte Kapitän Whalley gesagt, mit prachtvollem Vertrauen in seinen Körper. „Fügungen Gottes“, hatte er hinzugefügt. Inmitten des Lebens sind wir immer dem Tode verfallen, er aber vertraute seinem Schöpfer noch rückhaltloser, seinem Schöpfer, der seine Gedanken kannte, seine menschlichen Zuneigungen und seine Beweggründe. Sein Schöpfer wußte, welchen Gebrauch er von seiner Gesundheit machen wollte – wie sehr er sie nötig hatte ... „Ich bin fest überzeugt, daß meine erste Krankheit auch meine letzte sein wird. Ich bin nie krank gewesen, so lange ich denken kann. Lassen wir das.“

Doch so früh schon hatte er Massys Feindseligkeit durch die Weigerung erweckt, statt fünf-, sechshundert zu zahlen. „Das kann ich nicht“, war alles, was er erwidert hatte. Ganz einfach, aber so entschieden, daß Massy sofort von allem Drängen abgelassen und sich nur gedacht hatte: „Kann nicht! Alter Knicker. Will nicht! Er muß eine Unmenge Geld haben, aber er möchte wohl am liebsten ein weiches Bett und den sechsten Teil meiner Gewinne für gar nichts eintauschen, wenn er nur könnte.“

Und während dieser Jahre war Massys Abneigung, unter dem Druck eines Gefühls, das Furcht schien, gewachsen. Die Einfalt dieses Mannes wirkte gefährlich. In letzter Zeit allerdings hatte er sich geändert und schien nun weniger ungeheuerlich und in seiner Lebenskraft geschwächt, als hätte er eine geheime Wunde empfangen. Doch immer noch war er unverständlich in seiner Einfalt, Furchtlosigkeit und Geradheit. Und als Massy erfuhr, daß der andere ihn nach Ablauf der Frist zu verlassen gedachte, zu verlassen mitsamt dem ungelösten Problem der Kessel, da steigerte sich seine Abneigung insgeheim zum Haß.

Dieser Haß hatte ihn so scharfäugig gemacht, daß Herr Sterne ihm schon längst nichts mehr hätte sagen können, das er nicht selbst wußte. Er hatte reichlich zu tun, um den heimtückischen Angeber zum Schweigen zu bringen; er wünschte sich allein mit der Sachlage auseinanderzusetzen; – und – so unglaublich das auch Herrn Sterne erscheinen mochte – er hatte immer noch nicht den Wunsch und die Hoffnung aufgegeben, den verhaßten alten Mann zum Bleiben zu bewegen. Es blieb nichts andres übrig, wollte er nicht alle seine Aussichten auf Reichtum begraben. Nun aber, seit Überquerung der Sandbank vor Batu-Beru, schienen sich die Dinge mit größter Schnelligkeit zuzuspitzen. Er war so sehr beunruhigt, daß das Studium der Gewinn-Nummern seine Erregung auch nicht besänftigen konnte. Und das Zwielicht in der Kajüte vertiefte sich immer mehr.

Er legte die Liste fort und murmelte noch einmal: „O nein, mein Junge, du nicht! Nicht, wenn ich es weiß." Er gedachte sich nicht von dem zwinkernden, horchenden Gauner seine Handlungsweise vorschreiben zu lassen. Er nahm wieder den Kopf zwischen die Hände; seine Unbeweglichkeit dort in der dunklen Abgeschlossenheit des kleinen Raumes schien ihn zu einem Ding zu machen, das durchaus nichts mit der Bewegung und dem Lärm auf Deck zu tun hatte. Er hörte alles: die Passagiere begannen aufgeregt zu schwatzen; jemand schleppte eine schwere Kiste an seiner Tür vorbei. Er hörte Kapitän Whalleys Stimme oben:

„Klar zum Anlegen, Herr Sterne!" und die Antwort von irgendwo vom Vordeck her:

„Zu Befehl, Herr."

„Wir machen diesmal mit dem Kopf stromaufwärts fest; die Ebbe hat eingesetzt."

„Kopf stromaufwärts, Herr."

„Sie werden darauf achten, Herr Sterne."

Die Antwort wurde von einem lauten Klang der Glocke im Maschinenraum übertönt. Der Propeller fuhr fort, langsam zu schlagen: eins, zwei, drei; eins, zwei, drei – mit Pausen dazwischen, als zögerte er in der Umdrehung. Der Gong schlug einmal ums andere an, und durch die unregelmäßige Bewegung der Schraubenflügel wurde das Wasser längsseits geräuschvoll aufgerührt. Herr Massy regte sich nicht. Ein Küstenfeuer am andern Ufer, eine Viertelmeile vom Fluß weg, tauchte auf, kaum größer als ein kleiner Stern, und zeigte den Halbkreis des Hafens an. Stimmen von Herrn van Wyks Landungssteg antworteten auf die Anrufe vom Schiff aus; Taue wurden geworfen, verfehlten ihr Ziel und wurden abermals geworfen; der flackernde Schein einer Fackel aus einem großen Sampan, der längsseits kam, um den Rajah von der Küste festlich einzuholen, warf ein jähes blutrotes Licht in Herrn Massys Kajüte und über seine ganze Gestalt. Er rührte sich nicht. Nach ein paar letzten, wuchtigen Umdrehungen standen die Maschinen still, und das anhaltende Läuten des Gongs zeigte an, daß der Kapitän mit ihnen fertig war. Eine Unmenge von Booten und Kanus aller Größen drängte sich an der freien Seite der Sofala. Dann erstarb nach einer Zeit langsam das Plätschern, Schreien, der Lärm scharrender Füße, umgestürzter Gepäckstücke und das Hin und Her der von Bord gehenden Fahrgäste. Vom Land her, ganz nahe, fragte eine gepflegte, etwas herrische Stimme:

„Haben Sie diesmal Post für mich gebracht;“

„Jawohl, Herr van Wyk“, das kam von Sterne, der über die Reling weg im Ton achtungsvoller Vertrautheit antwortete. „Soll ich sie Ihnen hinaufbringen?“

Aber die Stimme fragte nochmals:

„Wo ist der Kapitäns“

„Noch auf der Brücke, glaube ich. Er hat seinen Stuhl nicht verlassen. Soll ich...“

Die Stimme fiel nachlässig ein:

„Ich will an Bord kommen.“

„Herr van Wyk“, brach Sterne plötzlich lebhaft los, „wollen Sie mir einen Gefallen tun …“

Der Erste ging rasch auf die Laufplanke zu. Schweigen trat ein. Herr Massy in seiner Kajüte rührte sich nicht. Er rührte sich nicht einmal, als er langsame Schritte an seiner Tür vorbeischlurren hörte. Er begnügte sich, durch die geschlossene Tür hinauszubrüllen:

„Sie – Jack!“

Die Schritte kamen ohne Hast zurück. Der Türgriff klappte, und der Zweite Ingenieur erschien in der Öffnung, im Schein des Oberlichtes hinter seinem Rücken eben noch erkennbar, mit einem Gesicht, das ebenso schwarz schien wie seine übrige Gestalt.

„Wir haben diesmal sehr lange hier herauf gebraucht“, knurrte Herr Massy, ohne seine Stellung zu ändern.

„Was können Sie anderes erwarten, wenn die Hälfte der Kesselrohre verstopft ist, um die lecken Stellen abzudichten“, verteidigte sich der Zweite lebhaft.

„Keine Ihrer Frechheiten!“ sagte Massy.

„Keine Ihrer verrotteten Kessel, sage ich“, gab der treue Diener heiser, doch ohne Erregung zurück. „Gehen doch Sie hinauf und versuchen Sie es, einen Dampfdruck zuwege zu bringen – wenn Sie es wagen. Ich tu's nicht.“

„Dann sind Sie nicht einmal Ihr Salz wert“, sagte Massy. Der andere gab einen schwachen Laut, der ebensogut ein Lächeln wie ein Knurren hätte sein können.

„Besser langsam fahren, als das Schiff ganz zum Stillstand bringen“, ermahnte er seinen bewunderten Vorgesetzten. Endlich regte sich Herr Massy. Er wandte sich in seinem Stuhl um und knirschte:

„Fluch über Sie und das Schiff! Ich wollte, es läge auf dem Grunde der See, dann müßten Sie Hungers sterben.“

Der zuverlässige Zweite Ingenieur schloß leise die Tür. Massy horchte. Anstatt zum Badezimmer hinaufzugehen, wo er sich hätte reinigen können, ging der Zweite in seine Kabine, die Tür an Tür mit der Massys lag. Massy sprang auf und wartete. Plötzlich hörte er drüben den Riegel einschnappen. Er stürzte hinüber und stieß mit dem Fuße heftig gegen die Tür.

„Ich glaube, Sie schließen sich wieder ein, um sich zu besaufen", brüllte er. Nach einer Weile kam eine halberstickte Antwort:

„Meine freie Zeit ..."

„Wenn Sie mir während der Fahrt zu saufen anfangen, werde ich Sie hinauswerfen", schrie Massy. Ein hartnäckiges Schweigen folgte auf diese Drohung. Massy ging verblüfft davon. Auf dem Ufer tauchten zwei Gestalten auf, die sich der Laufplanke näherten. Er hörte eine Stimme voll Verachtung sagen:

„Ich möchte Ihre Mitteilung eher bezweifeln. Ich werde aber gewiß mit ihm darüber sprechen."

Die andere Stimme, die Sternes, sagte im Ton förmlichen Bedauerns:

„Danke. Das ist alles, was ich wünsche. Ich muß meine Pflicht tun."

Herr Massy war überrascht. Eine kleine, geschmeidige Gestalt sprang leichtfüßig auf Deck und rannte Massy, der außerhalb des Lichtkreises der Fallreepslampe stand, beinahe um. Als der andere nach einem hastigen „Guten Abend" auf die Brücke weitergeeilt war, sagte Massy zu Sterne, der langsam nachkam:

„Was machen Sie sich nun mit Herrn van Wyk zu schaffen?"

„Gar nichts, Herr Massy. Ich bin nicht gut genug für Herrn van Wyk. Sie übrigens seiner Meinung nach auch nicht, fürchte ich. Kapitän Whalley aber schon, so scheint es. Er ist hingegangen, um ihn für diesen Abend zum Essen einzuladen."

Dann murmelte er finster vor sich hin:

„Ich hoffe, es wird ihm gefallen."

XII

Herr van Wyk, der Weiße von Batu-Beru, ein ehemaliger Marineoffizier, der aus Gründen, die ihm selbst am besten bekannt waren, die Aussicht auf eine glänzende Laufbahn hingeworfen hatte, um an jenem abgelegenen Küstenstrich ein Pionier der Tabakkultur zu werden – Herr van Wyk also hatte Kapitän Whalley schätzen gelernt. Das Aussehen des neuen Schiffers hatte seine Aufmerksamkeit erregt. Er war den vielen Typen, die van Wyk nacheinander auf der Brücke der *Sofala* gesehen hatte, so unähnlich wie nur möglich.

Zu jener Zeit war Batu-Beru noch nicht, was es heute geworden ist: der Mittelpunkt einer aufblühenden Tabakregion, eine tropische, kleine Gartenstadt mit einer einzigen, langen Hauptstraße, die von zwei Baumreihen beschattet, zu beiden Seiten von Bungalows umstanden und von dem Blütenduft der wuchernden Gärten erfüllt ist; mit einer drei Meilen langen Fahrstraße für den nachmittägigen Korso und einem Residenten erster Klasse mit einer fetten, lebenslustigen Frau an der Spitze der weißen Gesellschaft, die aus verheirateten Gutsverwaltern und ledigen jungen Herren im Dienst der großen Kompanien bestand.

All diesen Aufschwung gab es noch nicht; und Herr van Wyk saß ganz allein auf seinem schönen Besitz am linken Ufer, inmitten einer großen, dem Walde abgerungenen Lichtung. Sein einsamer Bungalow lag der Residenz des Sultans jenseits des Flusses gerade gegenüber. Dieser Sultan war ein ruheloser, schwermütiger alter Herrscher, der mit Liebe und Krieg abgeschlossen, für den das Leben kaum einen Reiz mehr hatte (außer üblen Vorahnungen) und die Zeit nie ihren Wert. Er fürchtete sich vor dem Tode und hoffte doch, zu sterben, bevor die weißen Männer kommen würden, um ihm sein Land zu nehmen. Er kam häufig über den Fluß herüber (mit niemals weniger als zehn Booten voller Menschen), in der trügerischen Hoffnung, seinem eigenen Weißen irgendeine Mitteilung über den Gegenstand zu entlocken. Es gab einen gewissen Stuhl auf der Veranda, den er immer benutzte. Die Würdenträger des Hofes hockten auf den Teppichen und Fellen zwischen den Möbelstücken; das niedrige Volk blieb draußen auf dem Grasplatz zwischen dem Haus und dem Strom in dicht gedrängten, drei und vier Mann tiefen Reihen. Nicht selten begann der Besuch bei Tagesanbruch. Herr van Wyk duldete diese Überfälle. Er nickte aus dem Fenster seines Schlafzimmers heraus, mit der Zahnbürste oder dem Rasiermesser in der Hand, oder durchschritt die Reihen der Höflinge im Bademantel. Er tauchte auf und verschwand wieder, summte dabei ein Lied, polierte sich emsig die Nägel, rieb sich das rasierte Gesicht mit Kölnisch Wasser ein, trank seinen Morgentee oder ging hinaus, um nach seinen arbeitenden Kulis zu sehen; er kehrte wieder, überflog einige Papiere auf seinem Schreibtisch, las ein oder zwei Seiten in einem Buch oder setzte sich, weit im Stuhl zurückgelehnt, vor sein Pianino, die Arme ausgestreckt, die Finger auf den Tasten, und wiegte den Körper leise hin und her. War er unbedingt zum Sprechen gezwungen, so pflegte er aus reinem Mitleid allgemeine, begütigende Antworten zu geben; vielleicht war es auch dasselbe Gefühl, das ihn so gastfrei mit Sodawassergetränken machte, daß er selbst oft für mehr als eine Woche ohne Sodawasser blieb. Der alte Mann hatte ihm so viel Land zugesichert, wie er roden wollte; es war nicht mehr und nicht weniger als ein Vermögen.

Ob es nun Vermögen oder Abgeschiedenheit von seinesgleichen war, was Herr van Wyk suchte, so konnte er keinesfalls an einen besseren Platz geraten sein. Sogar die Postdampfer der staatlich unterstützten Gesellschaften, die sonst überall anlegten, wo drei mit Palmblättern gedeckte Hütten auf einem Haufen zusammenstanden, dampften weit draußen an der Mündung des Batu-Beru-Flusses vorbei. Der Vertrag war alt: vielleicht würde nach Jahren, wenn er abgelaufen war, Batu-Beru in den Dienst aufgenommen werden; inzwischen ging die ganze Post Herrn van Wyks nach Malakka, von wo sie ihm sein Agent einmal im Monat mit der *Sofala* her überschickte. Die Folge davon war, daß, sooft Massy knapp an Geld war (weil er zu viele Lotterielose gekauft hatte) oder keine Schiffer finden konnte, Herr van Wyk ohne Briefe und Zeitungen blieb. Insoweit war er an dem Schicksal der *Sofala* persönlich beteiligt. Obwohl er sich für einen Einsiedler hielt (und offenbar nicht nur aus Laune, denn er hatte es schon acht Jahre lang durchgehalten), so wünschte er doch zu wissen, was in der Welt vorging.

In der Veranda, auf einem Nußbaumgestell (es war im Vorjahre mit der *Sofala* herausgekommen – alles kam mit der *Sofala*) lag gut zur Hand, mit Bronzegewichten beschwert, ein Stoß der Wochenausgabe der Times, daneben die Riesenbogen des Rotterdamsche Courant, des Graphic in seinem weltbekannten grünen Umschlag, eines illustrierten holländischen Blattes ohne Umschlag und einer deutschen Zeitschrift mit einem Umschlag in der Farbe ›Bismarck malade‹. Es gab auch Hefte mit neuer Musik, obwohl das Pianino (es war einige Jahre zuvor mit der *Sofala* herausgekommen) in der feuchten Waldluft meistens verstimmt war. Es war langweilig, mitunter sechzig Tage hintereinander von allem abgeschnitten zu sein, ohne alle Mittel, feststellen zu können, was eigentlich los war. Und wenn die *Sofala* wieder auftauchte, dann pflegte Herr van Wyk die Stufen der Veranda hinunterzusteigen und über den Rasenplatz vor seinem Hause weg mit finster gerunzelten Brauen zum Ufer hinunterzuschlendern.

„Sie sind wohl nach einem Unfall aufgelegt gewesen, nehme ich an."

So rief er zur Brücke hinauf, doch bevor noch irgend jemand antworten konnte, war unweigerlich Massy schon über die Reling ans Ufer geklettert und ließ nun einen Wortschwall los, wobei er die Hände rang und seinen mageren Kopf, der auf dem Scheitel wie mit Locken und Strähnen bepickt aussah, tief neigte. Und der Zwang, solche Erklärungen abgeben zu müssen, setzte ihm so zu, daß sein Jammern geradezu kläglich wirkte, während er die ganze Zeit über bemüht blieb, ein Lächeln auf seine Lippen zu zwingen.

„Nein, Herr van Wyk, Sie würden es nicht glauben. Ich konnte keinen dieser Kerle kriegen, um das Schiff herauszuführen. Kein einziger der faulen Hunde war dazu zu bringen, und das Gesetz, Sie wissen ja, Herr van Wyk ..."

Er wimmerte noch lange Entschuldigungen, die Worte Verschwörung, Neid, Mißgunst kehrten immer wieder und wurden besonders bitter betont. Dann sagte Herr van Wyk wohl mit einem Blick auf seine polierten Fingernägel und einer leichten Grimasse: „Hm, recht unglücklich", und wandte ihm den Rücken.

Wählerisch, klug, ein wenig skeptisch, an die beste Gesellschaft gewöhnt (er hatte ein Jahr lang eine sehr beneidete Landstellung im Marineministerium innegehabt, bevor er seinen Beruf und Europa verlassen hatte), besaß er eine innere Gefühlswärme und eine Fähigkeit zum Mitleid, die er unter scheinbarer Gleichgültigkeit und einem gewissen geschulten Hochmut zu verbergen pflegte; und unter noch etwas in seinem Äußern, das ein Böswilliger hätte Stutzerhaftigkeit nennen mögen, und das wie ein entstelltes Echo früherer Eleganz wirkte. Er brachte es fertig, unter den Kulis der Ländereien, die er dem Urwald abgezwungen hatte, eine fast militärische Disziplin aufrecht zu erhalten; und das weiße Hemd, das er jeden Abend anzog, mit seiner spiegelblank gestärkten Brust und dem hohen Kragen, machte den Eindruck, als wollte er den feierlichen Brauch der Abendkleidung beibehalten; dazu aber trug er eine dicke, scharlachne Schärpe um die Hüften gewickelt, als ein Zugeständnis an die Wildnis, die einst sein Gegner, nun sein gebändigter Gefährte war. Überdies war es auch eine hygienische Vorsichtsmaßregel. Von den Schultern wehte ihm eine kurze Jacke aus irgendeinem luftigen Seidengewebe. Sein schütteres blondes Haar, am Scheitel gelichtet, war an den Schläfen leicht gelockt; ein sorgfältig gebürsteter Schnurrbart, die hohe Stirne, der Glanz der niedrigen Abendschuhe, die unter den weiten Rändern der geradegeschnittenen Beinkleider (aus dem gleichen Stoff wie die Jacke) hervorsahen, vervollständigten seine Erscheinung, die, mit der Schärpe, an einen Piratenkapitän aus einem Roman erinnerte und doch zugleich auch an einen Dandy, der sich, in Weltabgeschiedenheit, in kleinen Absonderlichkeiten gefällt.

Es war seine Abendkleidung. Fahrplanmäßig sollte die *Sofala* in Batu-Beru eine Stunde vor Sonnenuntergang eintreffen. Und es wirkte malerisch und doch auch sehr korrekt, wenn Herr van Wyk zum Ufer hinabkam, den Rasenhang hinter sich, mit dem langgestreckten niedrigen Bungalow darüber, unter einem ungeheuer steilen Dach aus Palmblättern und bis zum Giebel mit Schlingpflanzen bewachsen. Während die *Sofala* festgemacht wurde, ging er im Schatten der wenigen Bäume, die nahe dem Landungssteg aufgespart worden waren, auf und ab und wartete, bis er würde an Bord gehen können.

Die Weißen auf der *Sofala* waren nicht nach seinem Geschmack. Der alte Sultan (wenn auch seine willkürlichen Überfälle langweilig genug waren) sagte ihm weit besser zu. Aber es waren doch immerhin Weiße; die gelegentlichen Besuche des Schiffes brachten eine Unterbrechung in die wohl ausgefüllte Eintönigkeit der Tage, ohne doch seine Abgeschlossenheit zu gefährden. Überdies waren sie auch vom geschäftlichen Standpunkt aus notwendig, und infolge seiner Pünktlichkeit, eines Grundzuges seiner Person, war er aufgebracht, wenn das Schiff nicht zur rechten Zeit eintraf.

Die Ursache dieser Unregelmäßigkeiten war zu töricht, und Massy seiner Meinung nach ein verächtlicher Idiot. Als die *Sofala* zum ersten Mal nach Abschluß des neuen Abkommens um die untere Strombiegung herum auftauchte, nachdem er fast schon alle Hoffnung aufgegeben hatte, sie je wiederzusehen, da war er so wütend, daß er gar nicht gleich zum Landungssteg hinunterging. Seine Diener waren mit der Nachricht zu ihm gerannt gekommen, und er hatte sich einen Stuhl nahe an die Brüstung der Veranda gezogen, die Ellbogen aufgelegt, das Kinn in die Hand gestützt und starr zugesehen, während sie seinem Hause gerade gegenüber festgemacht wurde. Er konnte alle die weißen Gesichter an Bord deutlich erkennen. Wer in aller Welt konnte doch der Patriarch sein, den sie nun dort auf der Brücke hatten?

Schließlich sprang er auf und ging den Kiesweg hinunter. Es war eine Tatsache, daß sogar der Kies für seine Gartenwege von der *Sofala* gebracht worden war. Sein Zorn erwies sich stärker als seine ruhige Höflichkeit, und so fuhr er, ohne nach rechts oder links zu sehen, Massy unvermittelt in einer Weise an, daß der bestürzte Ingenieur nur Unverständliches hervorstammeln konnte. Man hörte nur die Worte:

„Herr van Wyk ... Wirklich, Herr van Wyk ... In Zukunft, Herr van Wyk ...“ und infolge des Blutandrangs nahm Massys großes, galliges Gesicht eine unnatürliche Orangefarbe an, von der die bestürzten kohlschwarzen Augen grell genug abstachen.

„Unsinn. Ich habe es satt! Ich wundere mich, daß Sie die Unverschämtheit haben, an meinem Landungssteg anzulegen, als hätte ich ihn einfach nur für Sie gebaut.“

Massy versuchte, ihm ernst zu widersprechen. Herr van Wyk war sehr ärgerlich. Er hatte gute Lust, die deutsche Firma, die Leute in Malakka – wie hießen sie doch – Boote mit grünen Schornsteinen – herzurufen. Die würden sicher mit größter Freude die Gelegenheit benutzen, einen ihrer kleinen Dampfer die Strecke ablaufen zu lassen. Jawohl; Schnitzler, Jakob Schnitzler würde sofort zugreifen. Jawohl. Van Wyk hatte sich entschlossen, gleich zu schreiben.

Massy haschte nach seiner Pfeife, die ihm in der Erregung entfallen war.

„Das ist nicht Ihr Ernst“, jammerte er.

„Sie sollten Ihr Geschäft nicht in dieser lächerlichen Weise vernachlässigen.“

Herr van Wyk wandte sich auf dem Absatz um. Die anderen drei Weißen auf der Brücke hatten sich während der Szene nicht gerührt. Massy ging hastig auf und ab und blies die Wangen auf, als wäre er am Ersticken.

„Verrückter Holländer!“

Und er stimmte ein langes Klagelied an. Die Anstrengungen, die er durch alle die Jahre hindurch gemacht hatte, um dem Mann gefällig zu sein! Das war der Dank, den er dafür hatte, wie? Schön. An Schnitzler schreiben – die Boote mit den grünen Schornsteinen ins Geschäft bringen – ihn selbst ruinieren, nein, wirklich, man konnte lachen ... Er lachte schluchzend ... Ha, ha, ha! Und den Brief sollte wohl noch er in seinem eigenen Schiff befördern!

Er stolperte über einen Lattenrost und fluchte. Er würde keinen Augenblick zögern, die Post des Holländers über Bord zu werfen – das ganze verdammte Bündel. Er hatte niemals, niemals einen Pfennig für diesen Dienst berechnet. Aber Kapitän Whalley, sein neuer Teilhaber, würde ihn das wahrscheinlich nicht tun lassen; überdies würde ja doch der böse Tag nur aufgeschoben sein. Er für seine Person übrigens würde lieber ein Loch ins Wasser machen, als ruhig zusehen, wie die grünen Schornsteine ihm sein Geschäft wegschnappten.

Er tobte laut. Die chinesischen Boys warteten mit den Speiseplatten am Fuße der Leiter. Er brüllte von der Brücke auf Deck hinunter: „Sollen wir denn heute abend keinen Bissen zu essen bekommen?" und wandte sich dann heftig an Kapitän Whalley, der ernst und geduldig am oberen Ende des Tisches wartete und ab und zu mit einer gemessenen Bewegung über seinen Bart strich.

„Sie scheinen sich nicht darum zu kümmern, was mir geschieht. Sehen Sie nicht, daß es Sie ebensoviel angeht wie mich? Es ist kein Spaß."

Er setzte sich an das Fußende des Tisches und knurrte weiter vor sich hin.

„Wenn Sie nicht etwa ein paar Tausender irgendwo liegen haben. Ich habe sie nicht."

Herr van Wyk aß in seinem hellerleuchteten Bungalow zur Nacht, der wie eine lichte Insel von der Höhe des gerodeten Uferhanges weg über den Strom hinaussah. Nachher setzte er sich an sein Pianino. Er merkte während einer Pause, daß jemand auf dem Kies vor dem Hause vorbeiging. Ein oder zwei Planken knarrten unter einem schweren Tritt; er wandte sich auf dem Klaviersessel halb um und horchte, die Fingerspitzen immer noch auf den Tasten. Sein kleiner Terrier bellte heftig und kam aus der Veranda ins Zimmer zurück. Eine tiefe Stimme entschuldigte sich wegen ›dieses Einbruchs‹. Er ging rasch hinaus.

Von der letzten Treppenstufe ragte eine patriarchalische Gestalt auf, ohne näher zu kommen. Es war offenbar der neue Kapitän der *Sofala*; er hatte gut ein Dutzend anderer gesehen, aber keinen dieser Art. Der kleine

Hund bellte unaufhörlich, bis ein leichter Schlag mit Herrn van Wyks Taschentuch ihn beiseite springen und verstummen ließ. Kapitän Whalley stieß, als er das Thema anschlug, auf peinlich höflichen, aber entschlossenen Widerspruch.

Sie führten ihr Gespräch im Stehen, dort, wo sie einander begegnet waren. Herr van Wyk beobachtete seinen Besucher aufmerksam. Dann sagte er schließlich, wie aus seiner Zurückhaltung herausgelockt:

„Ich bin überrascht, daß Sie sich für einen so verflixten Narren verwenden."

Der Satz wirkte unvollständig, als wäre sein wahrer Sinn: „daß ein Mann wie Sie sich verwendet!" Kapitän Whalley nahm es hin, ohne mit der Wimper zu zucken. Man hätte glauben können, er habe nichts gehört. Er fuhr einfach mit der Feststellung fort, daß er ein persönliches Interesse daran habe, die Dinge in Ordnung zu bringen. Persönlich ...

Herr van Wyk aber, fortgerissen durch seinen Zorn gegen Massy, wurde sehr deutlich:

„Wirklich, ich will ganz offen mit Ihnen reden – sein ganzer Charakter scheint mir nicht sonderlich hochstehend oder vertrauenswürdig ..."

Kapitän Whalley schien sich noch höher aufzurecken und noch breiter zu werden, als hätte sein Brustumfang unter dem großen Bart plötzlich zugenommen.

„Mein lieber Herr, Sie glauben doch nicht, daß ich hierhergekommen bin, um über einen Mann mit Ihnen zu reden, mit dem ich – mit dem ich, nun – in engster Verbindung stehe."

Dann, nach einem kurzen, feierlichen Schweigen: er sei es nicht gewohnt, Gefälligkeiten zu erbitten; die Wichtigkeit der vorliegenden Frage aber habe ihn bestimmt, den Versuch zu wagen ... Herr van Wyk, dem die Haltung des anderen gefiel und der sich durch eine plötzliche Lachlust besänftigt fühlte, unterbrach ihn:

„Das ist schon recht, wenn Sie eine persönliche Angelegenheit daraus machen; aber nun werden Sie es auch nicht abschlagen können, niederzusitzen und eine Zigarre mit mir zu rauchen."

Eine kleine Pause, dann trat Kapitän Whalley wuchtig vor. Was die Regelmäßigkeit des Dienstes angehe, so mache er sich in Zukunft persönlich dafür verantwortlich; und sein Name sei Whalley – vielleicht einem Seemann (er sprach zu einem Seemann, nicht wahr?) nicht ganz unbekannt. Es gab jetzt einen Leuchtturm auf der Insel, vielleicht habe Herr van Wyk selbst ...

„O ja! O gewiß!" Herr van Wyk hakte sofort ein. Er wies auf einen Stuhl. Wie interessant! Er für seine Person habe während des letzten Sumatrakrieges kurz Dienst getan, sei aber nie so weit östlich gekommen. Whalley Island? Natürlich. Nun, das sei also wirklich sehr interessant. Welche Veränderungen sein Gast seither mit angesehen haben mußte!

„Ich kann sogar noch weiter zurücksehen – auf ein volles halbes Jahrhundert."

Kapitän Whalley ging ein wenig aus sich heraus. Der Duft einer guten Zigarre (es war seine Schwäche) war ihm geradenwegs zu Herzen gegangen, ebenso wie die Höflichkeit des jungen Mannes. Es lag etwas in dieser Zufallsbegegnung, wonach er in den Jahren seiner Nöte gehungert hatte.

Eine Ausbuchtung in der Hauptwand schuf einen kleinen Nebenraum, der wie ein Zimmer eingerichtet war. Eine Lampe mit einem Milchglasschirm hing an einer dünnen Messingkette vom Giebel des hohen Daches herunter und warf einen hellen Lichtkreis über einen kleinen Tisch mit einem offenen Buch und einem Papiermesser aus Elfenbein. Und in dem hellen Schatten dahinter waren andere Tische zu sehen, mehrere bequeme Stühle von verschiedenen Größen und eine Menge von Fellen und Teppichen, die über dem Teakholzboden der Veranda verstreut lagen. Die blühenden Schlingpflanzen erfüllten das Zimmer mit ihrem Duft. Durch die breite Öffnung der Veranda an seinem Ellbogen konnte Kapitän Whalley die Fallreepslaterne der *Sofala* unten am Ufer sehen, die schattenhaften Umrisse der Stadt jenseits des dunkelglänzenden Stromes und oberhalb der Waldgipfel einen Streifen des nächtlichen reichbestirnten Himmels. Mit der fabelhaften Zigarre in der Hand erlebte er einen Augenblick des Wohlbehagens.

„Eine Kleinigkeit. Jemand mußte den Anfang machen. Ich zeigte einfach nur, daß das Ding zu machen war; aber ihr Leute, die ihr auf Dampfschiffen aufgewachsen seid, könnt euch die große Tragweite meines Wagnisses für den östlichen Handel der damaligen Zeit nicht mehr vorstellen. Nun, die neue Route hat für mehr als das halbe Jahr die Dauer einer südlichen Durchfahrt um volle elf Tage verkürzt. Elf Tage! Das ist amtlich festgestellt. Das Bemerkenswerte dabei aber war meiner Ansicht nach, unter Seeleuten gesprochen ...“

Er sprach gut, ohne Überheblichkeit, berufsmäßig. Die mächtige Stimme erfüllte mühelos den Bungalow sogar bis in die leeren Räume hinein mit tiefem, klarem Widerhall und schien außerhalb eine Stille zu schaffen; Herr van Wyk war überrascht über die klare Ruhe darin, die den Eindruck großer Seelenstärke erweckte. Er hielt seinen kleinen Fuß in Seidenstrümpfen und Abendschuhen auf dem Knie und hörte gespannt zu. Es schien, als ob jetzt niemand mehr so erzählen könnte; und die überschatteten Augen, der wallende weiße Bart, die mächtige Gestalt, die überlegene Ruhe, die ganze Gemütsart des Mannes schienen ein erstaunliches Überbleibsel aus vorgeschichtlichen Zeitaltern der Welt, das ihm durch die See ins Haus gebracht worden war.

Kapitän Whalley war auch der Begründer des Handels im Golf von Petschili gewesen. Er fand sogar Gelegenheit zu der Erwähnung, daß er dort sein ›liebes Weib‹ vor sechsundzwanzig Jahren begraben hatte. Herr van Wyk hörte unbewegt zu und konnte sich dabei einiger Betrachtungen nicht enthalten, welcher Art wohl die Frau gewesen sein mochte, die zu einem solchen Mann gepaßt hatte. Waren sie ein abenteuerlustiges, gut zueinander passendes Paar gewesen; Nein. Sehr wahrscheinlich war die Frau klein, gebrechlich und gewiß sehr weiblich gewesen – oder vielleicht auch einfacher Durchschnitt, mit häuslichen Instinkten und völlig unbedeutend. Aber Kapitän Whalley dachte nicht daran, bei persönlichen

Sorgen zu lange zu verweilen; er schüttelte den Kopf, als wollte er den Schatten verjagen, der sich einen Augenblick lang auf sein schönes altes Gesicht gelegt hatte, und lenkte dann das Gespräch auf Herrn van Wyks Einsamkeit.

Herr van Wyk versicherte, daß er mitunter mehr Gesellschaft hätte, als er sich wünschte. Er erwähnte lächelnd einige der Eigenheiten seines Verkehrs mit ›seinem Sultan‹. Er machte seine Besuche mit Gewalt. Die Leute beschädigten den Rasenplatz vor dem Hause (es war nicht leicht, irgend etwas wie einen Rasen in den Tropen zuwege zu bringen) und hatten neulich auch ein paar seltene Sträucher niedergebrochen, die er gepflanzt hatte. Und Kapitän Whalley erinnerte sich augenblicklich daran, daß im siebenundvierziger Jahre der damalige Sultan, „dieses Mannes Großvater", berüchtigt gewesen war als ein großer Beschützer der vom Osten kommenden Piratenflotten. Sie hatten eine sichere Zuflucht im Fluß von Batu-Beru gehabt. Der Sultan hatte besonders einen Balinini-Häuptling mit Namen Hadschi Daman unterstützt. Kapitän Whalley versicherte mit einem bezeichnenden Zucken seiner buschigen weißen Augenbrauen, daß er besonders guten Grund habe, einiges darüber zu wissen. Seither sei die Welt fortgeschritten.

Herr van Wyk widersprach mit unerwarteter Schärfe. Fortgeschritten? Das wollte er wohl wissen.

Nun, im Wissen um die Wahrheit, in der Gesittung, in Gerechtigkeit, in Ordnung – auch in Ehrlichkeit, da ja die Leute einander meistens aus Unkenntnis Böses zufügten. Es sei, so schloß Kapitän Whalley, nun einfach besser darin zu leben.

Herr van Wyk wollte, spöttisch, nicht zugeben, daß zum Beispiel Herr Massy von Natur aus angenehmer sein könne als die Balinini-Piraten.

Der Pluß habe bei dem Tausch nicht gewonnen. Sie seien in ihrer Art alle gleich ehrlich. Massy war zweifellos weniger blutdürstig als Hadschi Daman, aber ...

„Und wie ist es dann mit Ihnen, mein lieber Herr?“ Kapitän Whalley lachte ein tiefes, leises Lachen. „Nun, Sie sind doch sicher eine Verbesserung!“

Er fuhr in spaßhaftem Ton fort. Eine gute Zigarre sei besser als ein Schlag auf den Kopf – als die Art von Willkommen also, die ihn an diesem Fluß vor fünfundvierzig Jahren erwartet hätte. Dann lehnte er sich vor und sprach sehr ernsthaft. Es schien, als hätten diese Seeräuber, außer ihren eigenen Berufsgenossen, die ganze Menschheit mit einem unverständlichen Haß verfolgt. Inzwischen sei ihren Raubzügen ein Ziel gesetzt worden, und was sei nun die Folge? Die neue Generation sei ordentlich, friedliebend, in aufblühenden Dörfern angesiedelt. Er könne da aus eigener Erfahrung sprechen. Und sogar noch die wenigen Überbleibsel aus jenen Zeiten – nun alte Männer – hätten sich so sehr geändert, daß es herzlos scheinen müßte, ihnen die Erinnerung daran entgegenzuhalten, daß sie je in ihrem Leben eine Kehle aufgeschlitzt hätten. Dabei hatte er besonders einen im Sinn: den ehrwürdigen, hochgeachteten Häuptling eines gewissen großen Küstendorfes, etwa sechzig Meilen Südwest von Tampasuk. Es täte einem im Herzen wohl, den Mann anzusehen, ihn sprechen zu hören. Dabei mochte er wohl einmal ein blutdürstiger Wilder gewesen sein. Was die Menschen brauchten, das war, durch überlegene Intelligenz, durch überlegenes Wissen, auch durch überlegene Gewalt, gezügelt zu werden – jawohl, auch durch Gewalt, die jemand von Gott übertragen worden war, um sie seinem Willen gemäß zu gebrauchen. Kapitän Whalley glaubte daran, daß in jedem Mann eine Anlage zum Guten bestünde, auch wenn die Welt im ganzen genommen kein sonderlich glücklicher Platz war. In die Weisheit der Menschen setzte er nicht soviel Vertrauen. Der Anlage zum Guten mußte gelegentlich recht kräftig nachgeholfen werden, gab er zu. Sie mochten dumm sein, querköpfig, unglücklich; aber von Natur aus schlecht – nein! Auf dem Grunde lag immer zumindest eine völlige Harmlosigkeit ...

„Ja, wirklich?“ fiel Herr van Wyk spöttisch ein.

Kapitän Whalley lachte über den Einwurf, das tiefe Lachen einer starken, duldsamen Gewißheit. Er konnte, wie er hervorhob, auf ein halbes Jahrhundert zurückblicken. Der Rauch wirbelte bedächtig durch die weißen Haare um seine gütigen Lippen hervor.

„Auf alle Fälle", schloß er nach einer Pause, „bin ich froh, daß sie bisher noch nicht Zeit gefunden haben, Ihnen ernsthaft Böses anzutun."

Diese Anspielung auf seine verhältnismäßig jungen Jahre verletzte Herrn van Wyk nicht; er stand auf und zuckte mit rätselhaftem Lächeln die Schultern. Sie gingen freundschaftlich nebeneinander durch die sternhelle Nacht zum Flußufer hinunter. Ihre Schritte klangen ungleich auf dem dunklen Pfad wider. Am Uferende der Laufplanke warf die Laterne, die niedrig am Geländer befestigt war, ein helles Licht auf die weißen Beine und die großen schwarzen Füße des Herrn Massy, der ängstlich wartete. Von der Hüfte aufwärts blieb er im Schatten, nur eine Reihe von Knöpfen glänzte bis zu den verschwommenen Umrissen seines Kinns empor.

„Sie mögen sich bei Kapitän Whalley dafür bedanken", sagte ihm Herr van Wyk kurz, bevor er sich zum Gehen wandte.

Die Lampen auf der Veranda warfen zwischen den Säulen durch drei lange, erleuchtete Rechtecke über den Rasen. Vor Herrn van Wyks Augen flitzte ein Käfer vorbei, wie ein losgelöster Fleck der samtigen Nacht. Längs der Jasminhecke war die Nachtluft geschwängert von wohlriechendem Tau: Blumenbeete faßten den Weg ein. Die gestutzten Sträucher erhoben sich da und dort vor dem Hause in dunklen, rundlichen Formen; das dichte Blattwerk der Schlingpflanzen dämpfte das Lampenlicht aus dem Innern die ganze Front entlang zu einem grünlichen Schein; und alles, nah und weit, stand ruhig in völliger Reglosigkeit und großer Süße.

Herr van Wyk (einige Jahre zuvor hatte er Anlaß gehabt, sich einzubilden, daß er schlechter als sonst ein lebender Mensch von einer Frau behandelt worden sei), Herr van Wyk also empfand für Kapitän Whalleys optimistische Lebensanschauungen die Geringschätzung eines

Mannes, der einst selbst gläubig gewesen war. Sein Ekel vor der Welt (die Frau hatte sie für ihn eine Zeitlang ausgefüllt) hatte die Form einer arbeitsreichen Einsamkeit angenommen, denn, wenn auch großer Gefühlstiefe fähig, war er doch tatkräftig und durchaus nicht lebensfremd. In diesem ungewöhnlichen alten Seemann aber, der da von außen her an den Grenzen seiner Abgeschlossenheit auftauchte, steckte etwas, das seine Zweifelsucht reizte. Selbst seine Einfalt, die belustigend genug war, erschien als letzte Verfeinerung eines aufrechten Charakters. Die überraschende Würde des Gehabens bei einem Manne, der auf eine so niedrige Stellung gesunken war, konnte nichts andres sein als der Ausdruck einer überwiegend vornehmen Veranlagung. Bei all seinem Glauben an die Menschheit war er kein Narr; die Heiterkeit seiner Gemütsart am Ende so langer Jahre, die ihm ja offenbar nicht von Erfolg versüßt worden waren, erschien als letzte Weisheit. Herr van Wyk belustigte sich mitunter darüber. Sogar die rein körperlichen Züge des Kapitäns der *Sofala*, seine mächtige Gestalt, seine gesetzte Miene, sein kluges, schönes Gesicht, die wuchtigen Gliedmaßen, die gütige Höflichkeit, der Schatten von Ernst in den buschigen Augenbrauen, schufen das Bild einer anziehenden Persönlichkeit. Herr van Wyk haßte alles Kleine; an diesem Mann aber war nichts Kleines. Und während vieler, musterhaft pünktlicher Reisen war eine Vertrautheit zwischen ihnen erwachsen, ein warmes Gefühl, das sich unter gemessenen Verkehrsformen barg, wie sein verwöhnter Geschmack sie verlangte.

Sie behielten jeder ihre Meinung über alle weltlichen Dinge. Seine anderen Überzeugungen drängte Kapitän Whalley nie jemand auf. Der Altersunterschied schien ein weiteres Band zwischen ihnen zu bilden. Als einmal Herr van Wyk mit der Unbarmherzigkeit seiner Jugend geneckt wurde, warf er einen Blick über die mächtigen Ausmaße seines Gegenübers und gab im gleichen Ton zurück:

„Oh, Sie werden sich schon noch zu meiner Denkweise bekennen. Zeit genug werden Sie dazu haben. Nennen Sie sich nicht alt: Sie können es gut bis auf das volle Hundert bringen."

Er konnte aber seine angeborene Schärfe nicht lassen und fügte, wenn auch gemildert durch ein beinahe liebenswürdiges Lächeln, hinzu: „Bis dahin werden Sie wahrscheinlich gern bereit sein zu sterben, aus reinem Überdruß."

Kapitän Whalley lächelte ebenfalls und schüttelte den Kopf. „Gott verhüte es!"

Er meinte, daß er vielleicht, alles in allem, etwas Besseres verdiente, als in einem solchen Gefühl zu sterben. Die Zeit würde natürlich kommen, und er vertraute seinem Schöpfer, daß er ihm einen Hingang bescheren würde, dessen er sich nicht zu schämen brauchte. Im übrigen hoffte er, hundert Jahre alt werden zu können, wenn es nötig sein sollte; auch andere Leute hatten das getan; es war kein Wunder. Er erwartete keine Wunder.

Die eigene, nachdenkliche Betonung veranlaßte Herrn van Wyk, den Kopf zu heben und den Alten fest anzusehen. Kapitän Whalley sah wie verzückt vor sich hin, als könnte er seines Schöpfers gnädigen Entschluß in geheimnisvollen Buchstaben auf der Wand geschrieben sehen. Er verhielt sich einige Sekunden lang völlig reglos und sprang dann so unvermittelt auf die Füße, daß Herr van Wyk fast erschrak.

Jetzt erst führte er einen wuchtigen Schlag gegen die gewölbte Brust; dann streckte er den einen mächtigen Arm waagrecht aus, und er stand in der Luft wie ein Baumast an einem windlosen Tage. Dazu meinte er:

„Kein Ziehen und kein Schmerz darin. Können Sie das leiseste Zittern merken;"

Seine Stimme klang leise und wie ehrfürchtig, im Gegensatz zu der herrischen Wucht seiner Gebärden. Er setzte sich unvermittelt wieder hin.

„Das tue ich nicht, um mich zu rühmen, müssen Sie wissen. Ich bin nichts", sagte er mit einer mühelosen und starken Stimme, die so natürlich hervorzudringen schien, wie ein Fluß strömt. Er nahm die Zigarre wieder auf, die er beiseite gelegt hatte, und fügte mit einem leichten Nicken bedächtig hinzu: „Zufällig ist mein Leben nötig; es gehört nicht mir. Nein – weiß Gott!“

Den Rest des Abends sprach er nicht mehr viel, doch entdeckte Herr van Wyk wiederholt ein leises, selbstsicheres Lächeln, das unter dem schweren Schnurrbart hinhuschte.

Späterhin nahm Kapitän Whalley dann und wann eine Einladung zum Abendessen ›im Hause‹ an. Er ließ sich sogar herbei, ein Glas Wein zu trinken. „Glauben Sie ja nicht, daß ich mich davor fürchte, mein guter Herr“, erklärte er. „Es hatte seinen triftigen Grund, daß ich den Wein aufgab.“

Bei einer anderen Gelegenheit bemerkte er, während er bequem zurückgelehnt dasaß, „Sie haben mich sehr, sehr menschlich behandelt, mein lieber Herr van Wyk, von Anfang an.“

„Sie werden zugeben, daß ich einen Grund dazu hatte“, gab Herr van Wyk lustig zurück. „Ein Teilhaber dieses ausgezeichneten Massy ... Nun, nun, mein lieber Kapitän, ich will kein Wort gegen ihn sagen.“

„Es hätte auch keinen Sinn, daß Sie irgend etwas gegen ihn sagten“, versicherte Kapitän Whalley ein wenig verstimmt. „Wie ich Ihnen schon früher erklärte, sind mein Leben und meine Arbeit nötig, nicht für mich allein. Ich habe keine Wahl ...“ Er unterbrach sich, spielte mit seinem Weinglas und schloß: „Ich habe ein einziges Kind – eine Tochter.“

Eine weite, zu Boden weisende Bewegung seines Armes über den Tisch schien, in weiter Entfernung, ein ganz kleines Mädchen andeuten zu wollen. „Ich hoffe sie noch einmal zu sehen, bevor ich sterbe. Inzwischen ist es genug, zu wissen, daß sie mich hat, gesund und rüstig, Gott sei Dank. Sie können nicht begreifen, wie man da empfindet. Bein von meinem Bein, Fleisch von meinem Fleisch; das wahre Abbild meiner armen Frau. Nun, sie ...“

Wieder unterbrach er sich und brachte dann gemessen betont hervor: „Sie hat schwer zu kämpfen.“

Und sein Haupt sank auf die Brust, seine Augenbrauen blieben gerunzelt, wie in krampfhaftem Nachdenken. Bald aber schien sich sein Sinn wieder aufzurichten an der ungemessenen Hoffnung auf eine höhere Macht. Herr van Wyk fragte sich mitunter, wieviel davon der prachtvollen Lebenskraft dieses Mannes zuzuschreiben war, der körperlichen Stärke, die sich der Seele mitzuteilen scheint. Doch er hatte ihn ehrlich liebgewonnen.

XIII

Dies war der Grund gewesen, warum Herrn Sternes vertrauliche Mitteilung, die ihm in aller Eile am Ufer längsseits des dunklen, schweigenden Schiffes gemacht worden war, seinen Gleichmut gestört hatte. Es war das Unverständlichste und Unerwartetste, was ihm geschehen konnte; und seine Aufregung war so groß, daß er, ohne weiter an seine Briefe zu denken, die Leiter zur Brücke hinaufrannte.

Der tragbare Tisch wurde eben links vom Steuerrad für das Abendessen zusammengesetzt, von zwei langzopfigen Boys, die sich wie gewöhnlich bei der Arbeit zankten, während ein dritter, ein kummervoller, stämmiger, sehr gelber Chinese, der Herrn Massy ähnlich sah, teilnahmslos wartete, mit dem Tischtuch über dem Arm und einem Stoß Teller vor der Brust. Eine gewöhnliche Kajütenlampe, der die Kugel fehlte, war von unten heraufgebracht und an dem Holzrahmen des Sonnensegels aufgehängt worden. Die Seitenläden waren niedergelassen; Kapitän Whalley, der die Tiefen des Armstuhles füllte, sah aus, als säße er geistesabwesend in einem grell erleuchteten Leinwandzelt, das als Laden für Schiffsausrüstungen diente; ein abgegriffenes Steuerrad, ein zerbeulter Messingkompaß auf einem wuchtigen Mahagoniständer, zwei schmutzige Rettungsringe, ein alter Korkfender, ein paar halbzerfallene Deckschränke mit dünnen Tauschlingen statt der Griffe.

Kapitän Whalley raffte sich aus seiner Erstarrung auf, um Herrn van Wyks ungewöhnlich kurzen Gruß zu erwidern, sank aber gleich wieder zurück. Es kostete ihm eine weitere, deutlich erkennbare Anstrengung, eine Einladung zum Abendessen ›im Hause oben‹ anzunehmen. Herr van Wyk kreuzte verwundert die Arme, lehnte sich gegen die Reling, die kleinen, glänzend schwarzbeschuhten Füße weit vorgeschoben, und musterte ihn heimlich.

„Ich habe in letzter Zeit bemerkt, daß Sie nicht ganz Sie selbst sind, alter Freund."

Er legte einen liebevollen Nachdruck auf die letzten zwei Worte. Die tatsächliche Nähe ihrer Beziehungen war nie zuvor so deutlich hervorgehoben worden.

„Ach ja!"

Der Deckstuhl krachte in allen Fugen.

„Reizbar", sagte sich Herr van Wyk und fügte laut hinzu: „Ich erwarte Sie also in einer halben Stunde." Damit ging er.

„In einer halben Stunde", klang es hinter ihm drein von Kapitän Whalleys starrem, silberweißem Haupt, wie aus Tiefschlaf.

Unten, mittschiffs, konnte man nächst dem Maschinenraum zwei Stimmen einander antworten hören – die eine ärgerlich und langsam, die andere lebhaft.

„Ich sage Ihnen, der Kerl hat sich eingesperrt, um sich zu betrinken."

„Nichts dagegen zu machen, Herr Massy. Schließlich hat jeder Mann doch das Recht, sich in seiner freien Zeit in seiner Kabine einzuschließen."

„Nicht, um sich zu betrinken."

„Ich hörte ihn fluchen, daß der Ärger mit den Kesseln hinreiche, um jeden Mann zum Säufer zu machen", meinte Sterne boshaft.

Massy zischte etwas wie, er wolle die Tür einrennen. Um ihnen auszuweichen, ging Herr van Wyk in der Dunkelheit nach der anderen Seite des verlassenen Decks. Der Bohlenbelag des kleinen Landungsstegs knarrte leise unter seinen schnellen Schritten.

„Herr van Wyk! Herr van Wyk!"

Er ging weiter; jemand rannte hinter ihm her. „Sie haben vergessen, Ihre Post mitzunehmen."

Sterne, ein Bündel Papiere in der Hand, kam an seine Seite.

„Oh, danke!"

Da aber der andere sich weiter an seinem Ellbogen hielt, blieb Herr van Wyk kurz stehen. Alles war still. Nur ein leises Klappern von Besteck und Klirren von Gläsern war zu hören. Herrn van Wyks Diener deckten in der Veranda den Tisch für zwei.

„Ich fürchte, daß Sie meinen guten Absichten in der Angelegenheit, von der ich Ihnen vorhin sprach, durchaus nicht vertrauen", sagte Sterne.

„Ich verstehe Sie ganz einfach nicht."

„Kapitän Whalley ist ein sehr kühner Mann, aber er wird verstehen, daß sein Spiel ausgespielt ist. Das ist alles, was irgend jemand darüber von mir aus je zu erfahren braucht. Glauben Sie mir, ich nehme jede mögliche Rücksicht, aber Pflicht ist Pflicht. Ich wünsche kein Aufsehen. Alles, was ich Sie, seinen Freund, von mir zu bestellen bitte, ist, daß das Spiel aus ist. Das wird genügen."

Herr van Wyk fühlte sich von diesem sonderbaren Vorrecht der Freundschaft peinlich bedrückt. Er wünschte sich nicht durch die Frage nach irgendwelcher Aufklärung zu erniedrigen; den andern mit Schimpf und Schande fortzujagen, hielt er nicht für klug – zumindest noch nicht. Die große Sicherheit des Menschen machte ihm Eindruck. Wer konnte sagen, was dahinter stecken mochte? Seine Rücksicht auf Kapitän Whalley hatte die ganze Kraft des selbstlosen Gefühls, und da ihm sein Wirklichkeitssinn zu Hilfe kam, so vermochte er seine Verachtung zu verbergen.

„Ich muß also annehmen, daß es sich um etwas Ernstes handelt."

„Um etwas sehr Ernstes", bejahte Sterne feierlich, innerlich entzückt darüber, daß er endlich eine Wirkung erzielt hatte. Er schickte sich an, einige wortreiche Versicherungen seines Bedauerns über „die unvermeidliche Notwendigkeit“ hinzuzufügen, doch Herr van Wyk schnitt ihm kurz, wenn auch sehr höflich, das Wort ab.

Sobald er auf seiner Veranda allein war, schob Herr van Wyk die Hände in die Taschen, spreizte die Beine und starrte auf ein schwarzes Pantherfell hinunter, das vor einem Schaukelstuhl auf dem Boden lag. ›Es sieht aus, als ob der Bursche nicht die Schneid hätte, seine sauberen Karten offen zu zeigen‹, dachte er.

Das war ganz richtig. Angesichts der letzten Abfuhr, die er von Massy erlitten hatte, wagte Sterne sein Wissen nicht mehr offen zu zeigen. Seine Absicht ging einfach dahin, die Führung des Dampfers in die Hand zu bekommen und für einige Zeit zu behalten. Massy würde es ihm nie vergeben, wenn er sich aufdrängte; verließ aber Kapitän Whalley das Schiff aus freien Stücken, so mußte das Kommando für den Rest der Reise auf ihn übergehen; so verfiel er auf den herrlichen Gedanken, den alten Mann wegzuscheuchen. Eine unbestimmte Drohung, eine bloße Andeutung mußte in einem so klar liegenden Fall genügen; und in einer merkwürdigen Anwandlung von Mitleid bedachte er, daß Batu-Beru gerade der richtige Platz war, um die Sache zum Klappen zu bringen. Der Schiffer konnte ruhig an Land gehen und bei seinem Holländer bleiben. Waren die beiden nicht die dicksten Freunde? Und bei näherer Überlegung schien sich auch die Möglichkeit zu ergeben, die ganze Sache durch diesen dicken Freund des alten Mannes zu machen. Das war der zweite herrliche Gedanke. Er hatte eine angeborene Vorliebe für Umwege. In diesem besonderen Falle wünschte er so sehr wie möglich im Hintergrund zu bleiben, um Massy nicht nutzlos aufzubringen. Kein Aufsehen! Alles sollte wie von selbst gehen.

Herr van Wyk war sich während der ganzen Dauer des Abendessens einer gewissen Vereinsamung bewußt, die sich mitunter selbst in den nächsten menschlichen Beziehungen einstellt. Kapitän Whalley mühte sich ohne jeden Erfolg, auch nur einen Bissen hinunterzubringen. Er schien von der merkwürdigsten Geistesabwesenheit befallen. Seine Hand tastete unentschlossen umher, als wäre sie infolge der Zerstreutheit ohne

Führung. Herr van Wyk hatte ihn in der tiefen Stille schon von weitem vom Ufer heraufkommen hören und hatte die zaudernden Schritte gemerkt. Kapitän Whalley war mit der Fußspitze an die unterste Stufe gestoßen, als wäre er mit der Nase in der Luft, ganz gedankenlos, bis zur Verandatreppe gekommen. Wäre der Kapitän der *Sofala* ein anderer Mann gewesen, so hätte Herr van Wyk hier vielleicht die Wirkung des Alters gesehen. Doch ein Blick nach ihm genügte. Die Zeit hatte ihn – nachdem sie ihn allerdings als ihr Eigentum gebrandmarkt hatte – seiner Arbeit überlassen, worin sein einfältiger Glaube einen Beweis wirklicher Gnade sah. „Wie könnte ich ihn warnen?“ fragte sich van Wyk, als wäre Kapitän Whalley Meilen und Meilen weit weg, außer Seh- und Hörweite alles Bösen. Van Wyk fühlte Übelkeit bei dem Gedanken an Sterne. Dessen Drohung einem Mann wie Whalley auch nur anzudeuten, mußte geradezu unschicklich wirken. In der Andeutung lag mehr Schimpf und Gemeinheit, als in der offenen Anklage wegen eines Verbrechens – etwas wie Erpressung. „Was kann irgend jemand gegen ihn vorzubringen haben?“ fragte er sich. Der Mann war gewiß makellos. Und zu welchem Zweck? Die Macht, auf die der Mann vertraute, hatte es für richtig befunden, ihm nichts auf Erden zu lassen, an das sich der Neid heften konnte, ausgenommen das trockene Brot.

„Wollen Sie nicht hiervon versuchen?“ fragte van Wyk und schob dem anderen eine Platte hin. Plötzlich fiel es ihm ein, daß Sterne vielleicht das Kommando der *Sofala* erstrebte. Sein Zynismus regte sich angesichts dieses scheinbaren Beweises dafür, daß kein Mensch sich vor seinesgleichen sicher fühlen kann, solange er nicht im letzten Abgrund des Elends angelangt ist. Eine Intrige dieser Art war es kaum wert, daß man sich darüber aufhielt, meinte er; da man es aber mit einem solchen Narren wie Massy zu tun hatte, so mußte Whalley doch unbedingt gewarnt werden.

In diesem Augenblick begann Kapitän Whalley – er saß aufrecht da, die tiefen Augenhöhlen überschattet von den buschigen Brauen, eine große braune Hand zu jeder Seite neben den leeren Teller gelegt –, unvermittelt zu sprechen:

„Herr van Wyk, Sie haben mich immer mit aller menschlichen Rücksichtnahme behandelt."

„Mein lieber Kapitän, Sie machen zu viel Aufhebens von der einfachen Tatsache, daß ich kein Wilder bin." Dabei hatte van Wyk, im Innersten empört bei der Erinnerung an Sternes unsauberen Versuch, unwillkürlich die Stimme erhoben, als glaubte er den Ersten irgendwo in Hörweite verborgen. „Jede Rücksichtnahme, die ich Ihnen beweisen konnte, habe ich als meine Pflicht gegen einen Charakter betrachtet, für den ich die unerschütterlichste Hochachtung empfinden gelernt habe."

Ein leichtes Klirren von Glas ließ ihn die Augen von der Ananasscheibe erheben, die er eben auf seinem Teller in Stücke schnitt. Beim Wechseln seiner Stellung hatte Kapitän Whalley ein leeres Glas umgestoßen.

Ohne genau hinzusehen, seitlich auf den Ellbogen gestützt, die andere Hand über die Augen gelegt, tastete der Kapitän zitternd danach und gab es dann auf. Van Wyk sah in starrem Schrecken zu, als wäre plötzlich etwas geschehen. Er wußte selbst nicht, warum er so erschreckt war; doch vergaß er Sterne für den Augenblick völlig.

„Nun, was ist geschehen?"

Und Kapitän Whalley, immer noch halb abgewandt, murmelte mit klangloser, bewegter Stimme:

„Hochachtung!"

„Und ich könnte noch etwas hinzufügen", sagte Herr van Wyk langsam, mit festem Blick.

„Halt! Genug!" Kapitän Whalley änderte seine Stellung nicht, noch hob er die Stimme. „Sagen Sie nichts weiter! Ich könnte Ihnen nicht mit Gleichem vergelten. Ich bin nun sogar dafür zu arm. Ihre Hochachtung ist gewiß wertvoll. Sie sind nicht der Mann, der sich dazu hergeben würde, den armseligsten Kerl auf Erden zu betrügen, oder ein Schiff seeuntüchtig zu machen, sooft er es hinausführt."

Herr van Wyk saß vornübergelehnt, feuerrot im Gesicht, da, die gestärkte Serviette über den Knien, und fühlte sich versucht, seinen

Sinnen zu mißtrauen, seinem Verstand, oder der geistigen Gesundheit seines Gastes.

„Wo; Warum? In Gottes Namen – was soll das? Welches Schiff? Ich verstehe nicht, wer ...“

„Nun denn, in Gottes Namen, ich bin es! Ein Schiff ist seeuntüchtig, wenn sein Kapitän nicht sehen kann. Ich werde blind.“

Herr van Wyk machte eine leichte Bewegung und saß danach für ein paar Sekunden ganz still da. Dann schoß ihm der Gedanke an Sternes „das Spiel ist aus“ durch den Kopf, und er beugte sich unter den Tisch, um die Serviette aufzuheben, die ihm von den Knien geglitten war. Das war das Spiel, das ausgespielt war. Und im gleichen Augenblick erreichte ihn die halberstickte Stimme Kapitän Whalleys: „Ich habe Sie alle getäuscht. Niemand weiß etwas.“

Van Wyk tauchte blutrot wieder auf. Kapitän Whalley saß reglos, im vollen Licht der Lampe, und beschattete das Gesicht mit seiner Hand. „Und Sie haben den Mut gehabt?“

„Nennen Sie es, wie Sie wollen. Aber Sie sind menschlich, Sie sind ein – ein Gentleman, Herr van Wyk. Sie hätten fragen können, wie ich es mit meinem Gewissen vereinbaren konnte.“

Er versank in tiefes Schweigen und schien reglos nachzudenken.

„Ich begann, mich in meinem Stolz vor mir selbst damit zu brüsten. Man lernt eine Menge Dinge sehen, wenn man blind ist. Ich konnte nicht einmal mit einem alten Kameraden offenherzig sein. Ich war auch mit Massy nicht offenherzig – nein, nicht ganz. Ich wußte, daß er mich für einen reichen alten Narren hielt, der von der See nicht lassen wollte, und ließ ihn dabei. Ich wollte meine Wichtigkeit behalten – denn die arme Ivy ist ja dort drüben – meine Tochter. Warum habe ich mir seine Notlage zunutze gemacht? Ich tat es für sie –. Und nun, wie könnte ich Gnade von ihm erwarten? Er würde meine Notlage ausnützen, sobald er davon erführe. Er würde den alten Betrüger fortjagen und das Geld ein Jahr zurückbehalten. Ivys Geld. Und ich habe keinen Pfennig für mich übrig.

Wie sollte ich ein Jahr lang leben? Ein Jahr! In einem Jahr wird es für ihren Vater keine Sonne mehr am Himmel geben."

Seine tiefe Stimme klang furchtbar verschleiert, als käme sie unter dem Geröll eines Erdrutsches hervor und spräche von den Gedanken, die die Toten in ihren Gräbern quälen. Van Wyk rann ein kalter Schauer über den Rücken.

„Und wie lange ist es her, seit Sie ...?" begann er.

„Es dauerte sehr lange, bevor ich mich dazu bringen konnte, an diese – diese – Heimsuchung zu glauben", sagte Kapitän Whalley mit düsterer Ergebung, unter seiner Hand hervor.

Er hatte nicht geglaubt, sie verdient zu haben. Er hatte angefangen, sich selbst darüber von Tag zu Tag zu täuschen, von Woche zu Woche. Er hatte den Serang zur Hand gehabt – einen alten Diener. Es wurde immer schlimmer, und als er sich nicht länger täuschen konnte ...

Die Stimme erstarb ihm beinahe.

„Eher, als das Kind im Stich zu lassen, habe ich mich entschlossen, euch alle zu betrügen."

„Unglaublich", flüsterte Herr van Wyk. Kapitän Whalley murmelte weiter:

„Nicht einmal das sichtbare Zeichen von Gottes Zorn konnte mich sie vergessen machen. Wie hätte ich mein Kind im Stich lassen sollen – solange ich noch meine Kraft in mir fühlte – warmes Blut in den Adern? Warm wie Ihres! Es scheint mir, als könnte ich, wie der geblendete Simson, die Kraft finden, einen Tempel über meinem Kopf einzureißen. Sie ist eine hart arbeitende Frau – mein eigenes Kind, über dem wir beide zu beten pflegten, meine arme Frau und ich. Erinnern Sie sich noch an den Tag, an dem ich Ihnen fast ausdrücklich sagte, ich glaubte daran, Gott würde mich um ihretwillen hundert Jahre alt werden lassen? Ist es eine Sünde, sein eigenes Kind zu lieben? Verstehen Sie mich? Ich war bereit, um ihretwillen ewig zu leben. Glaubte auch halb und halb, ich würde es können. Seither habe ich um den Tod gebetet. Oh! Vermessener Mensch – du willst leben ...“

Ein trockenes Schluchzen erschütterte den mächtigen Leib, daß die Gläser auf dem Tisch davon zu klingen begannen und das ganze Haus bis zum Giebel hinauf zu erzittern schien. Und Herr van Wyk, dessen verschmähte Liebe sich in eine Art Kampf gegen die Natur umgesetzt hatte, verstand es sehr gut, daß es für einen Mann, dessen ganzes Leben durch Tat bedingt gewesen war, keinen anderen Ausdruck für alle Gefühle geben konnte; daß freiwillig alles Handeln, alles Tun, jede Arbeit für sein Kind aufgeben, für ihn das gleiche gewesen wäre, als hätte er sich die warme Liebe für diese Tochter aus dem lebenden Herzen reißen wollen. Etwas zu Ungeheuerliches, Unmögliches, um auch nur gedacht werden zu können.

Kapitän Whalley hatte seine Haltung nicht geändert, die Beschämung, Kummer und Trotz ausdrückte.

„Ich habe sogar Sie getäuscht. Wäre nicht das Wort Hochachtung gefallen ... Das sind keine Worte mehr für mich. Ich hatte Sie belogen. Habe ich Sie nicht belogen? Wollten Sie nicht gerade für diese Reise Ihr Eigentum dem Schiff anvertrauen?“

„Ich habe eine laufende Jahrespolice“, entfuhr es Herrn van Wyk fast unbewußt, und er wunderte sich selbst, wie ihm diese geschäftliche Einzelheit in den Sinn kommen konnte.

„Das Schiff ist seeuntüchtig, sage ich Ihnen. Die Police wäre ungültig, wenn es bekannt würde ...“

„Dann wollen wir also die Schuld teilen.“

„Nichts könnte die meine verringern“, sagte Kapitän Whalley.

Er hatte es nicht gewagt, einen Doktor zu befragen; der Mann hätte sich vielleicht erkundigt, wer er war, was er tat; Massy hätte etwas hören können. Er hatte ohne Hilfe hingelebt, ohne menschliche oder göttliche Hilfe. Sogar die Gebete waren ihm in der Kehle steckengeblieben. Worum sollte er noch beten? Und der Tod schien so weit weg wie nur je. War er einmal in seiner Kabine, so wagte er sich kaum mehr heraus; wenn er saß, wagte er nicht aufzustehen; er wagte nicht, die Augen zu irgend jemandes Gesicht zu erheben; er fühlte ein Widerstreben, auf die See hinaus oder nach dem Himmel zu sehen. Die Welt entschwand ihm in der großen Angst, sich zu verraten. Das alte Schiff war sein letzter Freund; er fürchtete es nicht; er kannte jeden Zoll breit seines Decks; doch auch das Schiff wagte er nicht recht anzusehen, aus Angst, merken zu müssen, daß er weniger sah als tags zuvor. Eine große Unsicherheit überfiel ihn. Der Horizont war ihm entschwunden; der Himmel verschwamm dunkel mit der See. Wer war die Gestalt dort? Was lag da? Und der furchtbare Zweifel an der Wirklichkeit dessen, was er sah, machte noch die letzte Sehkraft, die ihm geblieben war, zu einer Quelle neuer Pein und zu einer Falle, in der sich sein armseliger Betrug jeden Augenblick fangen konnte. Er fürchtete sich, unentschuldbar über etwas zu straucheln – auf eine Frage ein fatales Ja oder Nein zu antworten. Gottes Hand lag auf ihm, doch konnte sie ihn nicht von seinem Kind wegreißen. Und wie in einem bösen Traum schien jeder nur in Umrissen erkennbare Mann ein Feind.

Er ließ die Hand schwer auf den Tisch fallen. Herr van Wyk saß mit herabhängenden Armen da, das Kinn auf der Brust, nagte mit weißen Zähnen an der Unterlippe und dachte an Sternes „das Spiel ist aus“.

„Der Serang weiß natürlich nichts.“

„Niemand“, sagte Kapitän Whalley selbstsicher.

„Ach ja, niemand. Schön. Können Sie es bis zum Ende der Reise durchhalten? Das ist die letzte in dem Vertrag mit Massy.“

Kapitän Whalley erhob sich und stand aufrecht da; der weiße Bart lag wie eine silberne Brustplatte über dem furchtbaren Geheimnis seines Herzens. Jawohl; das war die einzige Hoffnung, die es für ihn gab, sie je wiederzusehen, das Geld sicherzustellen; das letzte, was er für sie tun konnte, bevor er sich irgendwohin verkroch – nutzlos, sich selbst eine Bürde und ein Vorwurf. Seine Stimme bebte.

„Denken Sie daran! Sie nie mehr sehen: das einzige noch lebende menschliche Wesen, das sich an meine arme Frau erinnern kann.

Sie ist gerade wie ihre Mutter. Ein Glück, daß die arme Frau dort ist, wo sie über ihre Lieben auf dieser Welt keine Tränen vergießen kann und nicht zu beten braucht, daß sie nicht in Versuchung geführt werden mögen, denn – so glaube ich – die Seligen kennen das Geheimnis der Gnade in Gottes Tun mit seinen Kindern."

Er schwankte ein wenig und sagte dann mit ruhiger Würde:

„Ich kenne es nicht. Ich kenne nur das Kind, das Er mir geschenkt hat."

Und er begann zu gehen. Herr van Wyk sprang sofort auf, denn er begriff mit einmal die wahre Bedeutung des starr gestreckten Kopfes, des zögernden Fußes, der tastend vorgestreckten Hand. Sein Herz schlug schnell; er rückte einen Stuhl beiseite und trat unwillkürlich vor, als wollte er seinen Arm anbieten. Doch Kapitän Whalley ging an ihm vorbei gerade auf die Treppe zu.

„Er kann mich außerhalb seiner Blickweite überhaupt nicht sehen", dachte van Wyk mit einem leisen Schauer. Dann trat er an die Treppe und fragte ein wenig zitterig:

„Wie ist es denn – wie ein Nebel – wie ..."

Kapitän Whalley machte auf halbem Wege halt und wandte sich ungerührt, um zu antworten:

„Es ist, als ginge alles Licht aus der Welt. Haben Sie je zugesehen, wie sich die ablaufende See von einer offenen Sandbank weiter und weiter von Ihnen zurückzieht! So ist es – nur wird keine Flut nachkommen. Niemals. Es ist, als würde die Sonne kleiner, als verlöschten die Sterne, einer nach dem anderen. Es sind wohl nicht mehr viele übrig, die ich heute noch sehen kann. Aber ich habe letzthin nicht mehr den Mut gehabt, danach zu sehen ..." Er schien Herrn van Wyk wahrgenommen zu haben, denn er hielt ihn mit einer Handbewegung und den festen Worten zurück:

„Ich kann noch allein gehen."

Es war, als hätte er sein Schicksal auf sich genommen und wollte nun keines Menschen Hilfe annehmen, nachdem er wie ein vermessener Titan aus seinem Himmel gestürzt war. Herr van Wyk stand wie auf den Fleck gebannt und schien die Schritte zu zählen, solange sie zu hören waren. Er ging zwischen den Tischen durch, klappte mit den Fersen, nahm ein Papiermesser auf und legte es nach einem leeren Blick über die Klinge wieder hin; dann geriet er an das Pianino, schlug wiederholt und kräftig ein paar Akkorde an und horchte mit vorgebeugtem Kopf, wie ein Klavierstimmer; dann schloß er das Instrument, wandte sich unvermittelt auf den Absätzen, wich dem kleinen Terrier aus, der auf gekreuzten Vorderpfoten ruhig schlief, gelangte an die Treppe und stürzte, als hätte er auf der obersten Stufe sein Gleichgewicht verloren, blindlings aus dem Hause hinaus. Seine Diener, die dabei waren, den Tisch abzuräumen, hörten ihn dort unten vor sich hin murmeln (böse Worte, ohne Zweifel) und nach einer Weile mit schwingendem Schritt in der Richtung des Landungsstegs davongehen.

Das Schanzkleid der festgemachten *Sofala*, die längs des Ufers lag, erhob sich wie eine schwarze Mauer über den welligen Umrissen des Ufers. Zwei Masten und ein Schornstein mit großem Fall ragten dahinter auf, als wären sie bereit zu stürzen. Ein festgefügter, würfelförmiger Aufbau in der Mitte zeigte die undeutlichen Formen weißer Boote, die geschweiften Linien der Bootsgalgen, die geraden der Reling und der Geländerstützen, die sich im Dunkeln ineinander verloren; tief unten aber, mittschiffs, starrte eine erleuchtete Stückpforte in die Nacht hinaus, ganz rund wie ein kleiner Vollmond, dessen gelber Schein einen Flecken weichen Schlammes traf, einen Streifen abgetretenen Rasens, zwei Schläge eines schweren Taues, das um einen dicken, in den Boden gerammten Holzpfosten gelegt war.

Beim Näherkommen hörte Herr van Wyk eine heisere, prahlerische Stimme, die sich offenbar an einen Menschen namens Prendergast wandte und Schimpfworte und Verleumdungen hervorsprudelte; dann sprach die gleiche Stimme sehr deutlich das Wort Murphy aus und kicherte. Glas klirrte zitterig dazwischen. Alle diese Töne kamen aus der erleuchteten Stückpforte. Herr van Wyk zögerte, beugte sich vor; es war aber unmöglich, durch die Öffnung hineinzusehen. außer er wäre bis in den Schlamm hinuntergegangen.

„Sterne“, sagte er halblaut.

Die trunkene Stimme drinnen im Schiff sagte vergnügt:

„Sterne – natürlich! Sieh nur, wie er zwinkert! Sterne, Whalley, Massy. Massy, Whalley, Sterne. Aber Massy ist der Beste. Er ist nicht kleinzukriegen. Dem würde es gerade Spaß machen, zuzusehen, wie man Hungers verreckt.“

Herr van Wyk trat zurück, und da er bemerkte, daß weiter weg sich undeutlich ein Kopf unter dem Sonnensegel hervorstreckte, als stände dort jemand auf der Lauer, fragte er ruhig auf malaiisch: „Schläft der Erste?“

„Nein, zur Stelle, zu Ihren Diensten.“

Einen Augenblick später tauchte Sterne auf und schritt lautlos wie eine Katze über den Landungssteg.

„Es ist so verdammt finster, und ich hatte keine Ahnung, daß Sie heute abend heraufkommen würden.“

„Was soll dieses entsetzliche Gewäsch?“ fragte Herr van Wyk, als wollte er den Schauer erklären, der ihn fast unhörbar überlief.

„Jack hat sich ans Trinken gemacht. Das ist unser Zweiter. Ist so seine Art. Morgen nachmittag wird er wieder ganz in Ordnung sein, aber Herr Massy wird doch nicht aufhören, Krach deswegen zu schlagen. Wir sollten lieber weggehen.“

Er murmelte sehr eindringlich etwas von einem Gespräch „oben im Hause“. Er hatte es sich schon lange gewünscht, dort oben Zutritt zu erhalten. Herr van Wyk aber winkte nachlässig ab: es würde, so fürchtete er, vielleicht nicht ganz klug sein; und der tiefschwarze Schatten unter einem der beiden großen Bäume, die am Landungsplatz stehengeblieben waren, nahm ihre Gestalten auf, die sich bisher gegen den Schein des sternenüberglänzten Flusses matt abgehoben hatten.

„Die Lage ist ohne Zweifel ernst“, sagte Herr van Wyk. In ihren weißen Anzügen sahen sie beide wie Gespenster aus, konnten einer des anderen

Gesichtszüge nicht erkennen, und ihre Füße gaben keinen Laut auf dem weichen Boden. Eine Art Schnurren wurde hörbar. Herr Sterne fühlte sich durch diesen Anfang geschmeichelt.

„Ich dachte wohl, Herr van Wyk, daß ein Gentleman Ihres Schlages sofort einsehen würde, wie peinlich meine Lage war."

„Ja doch. Augenscheinlich ist seine Gesundheit nicht gut. Vielleicht ist er am Niederbrechen. Ich sehe es, und er selbst weiß es auch – ich nehme an, daß ich zu einem verständigen Menschen spreche – er weiß es auch, daß seine Beine den Dienst versagen."

„Seine Beine – Oh!" Herr Sterne war enttäuscht und wurde dann bockig. „Sie können es die Beine nennen, wenn Sie wollen; ich aber will wissen, ob er in aller Ruhe Platz zu machen gedenkt. Das ist ein guter Witz! Seine Beine! Pah!"

„Aber doch! Sehen Sie sich doch seinen Gang an", hielt ihm Herr van Wyk ganz kühl und bestimmt entgegen. „Doch so oder so: die Frage scheint mir, ob Ihr Pflichtgefühl Sie nicht allzuweit von Ihrem wahren Vorteil abführt. Schließlich könnte ja auch ich etwas tun, um Ihnen zu helfen. Sie wissen, wer ich bin."

„Jedermann an den Meerengen hat von Ihnen gehört, Herr."

Herr van Wyk äußerte die Hoffnung, daß dies etwas Günstiges meine. Sterne belachte den Scherz diensteifrig. Er sollte wohl denken! Der eröffnenden Feststellung, daß der Teilhabervertrag mit Beendigung dieser Reise ablaufe, stimmte er aufmerksam zu. Das sei bekannt. Man höre ja den lieben, langen Tag nichts andres an Bord. Was nun Massy angehe, so sei es kein Geheimnis, daß er wegen der abgenützten Kessel in einer scheußlichen Klemme sitze. Er würde sich irgendwo ein paar hundert Pfund borgen müssen, um zunächst einmal den Kapitän auszuzahlen; und dann würde er für die neuen Kessel Geld auf das Schiff aufnehmen müssen – das heißt, wenn er überhaupt einen Geldgeber finden würde. Im besten Fall bedeutete es immer noch einen Zeitverlust, eine Unterbrechung im Geschäft, verkürzte Jahreserträge – und dabei blieb die Gefahr bestehen, daß ihm die ganze Verbindung von einem Konkurrenten weggeschnappt würde. Es hieß, er habe schon bei zwei Firmen angeklopft, und keine von beiden habe etwas mit ihm zu tun haben wollen. Das Schiff sei zu alt und der Mann auf dem Platz zu gut bekannt ... Das schnelle Zwinkern, mit dem Herr Sterne seine Rede schloß, ging in der tiefen Dunkelheit unter, die bisher von seinem zischenden Flüstern widergehallt hatte.

„Angenommen also, er bekäme das Darlehen", sagte Herr van Wyk zusammenfassend, „so ist es nach Ihrer eigenen Meinung mehr als wahrscheinlich, daß ihm die Darlehensgeber einen ihrer Leute als Kapitän aufzwingen würden. Ich für mein Teil müßte ja sagen, daß ich selbst, hätte ich das Geld zu geben, genau die gleiche Bedingung stellen würde. Und tatsächlich denke ich daran, es zu geben. Es könnte mir in vieler Beziehung zusagen. Sehen Sie, welche Folgen das auf den zur Rede stehenden Fall haben würde?"

„Ich danke Ihnen, Herr. Ich weiß bestimmt, daß Sie niemand finden könnten, dem Ihr Interesse aufrichtiger am Herzen läge."

„Es liegt in meinem Interesse, daß Kapitän Whalley seine Zeit beendet. Ich werde wahrscheinlich mit Ihnen hinauffahren. In diesem Fall werde ich an Ort und Stelle sein, wenn alle diese Veränderungen vorgehen und werde auch Ihr Interesse vertreten."

„Herr van Wyk, ich wünschte nichts Besseres. Ich bin sicher unendlich ..."

„Ich betrachte es also als abgemacht, daß es ohne weiteres dabei bleiben kann."

„Nun, Herr, eine gewisse Gefahr ist dabei, daran ist nichts zu ändern; aber – um zu Ihnen als meinem Brotherrn zu sprechen – die Sache ist ungefährlicher, als sie aussieht. Hätte mir irgend jemand davon gesagt, so hätte ich es nicht geglaubt; so aber habe ich es mit Augen gesehen. Der alte Serang ist allmählich dafür abgerichtet worden. An seinen – seinen Beinen, Herr, fehlt gar nichts. Da ist er noch so gut beisammen wie nur einer. Und lassen Sie mich Ihnen sagen, Herr, daß Kapitän Whalley, der arme Mann, durchaus nicht unnütz ist. Tatsächlich! Lassen Sie sich erklären, Herr. Er steift dem alten Affen von Malaien das Kreuz, der ganz gut weiß, was er zu tun hat. Natürlich, denn er muß ja in allerlei Küstenfahrern während der letzten fünfundzwanzig Jahre Kapitänswachen gehalten haben. Diese Eingeborenen, Herr, treffen, solange sie einen weißen Mann hinter sich wissen, überraschend genau das Richtige – sogar, wenn sie ganz sich selbst überlassen sind. Nur muß der weiße Mann danach sein, sie richtig aufzubügeln, und dazu ist gerade Kapitän Whalley der Rechte. Ich sage Ihnen, Herr, er hat den Kerl so gut abgerichtet, daß er jetzt fast nichts mehr zu reden braucht. Und ich habe zugesehen, wie der kleine runzelige Affe an einem stürmischen Morgen das Schiff aus der Pangubai hinaus und durch alle die Inseln hindurchführte, ganz erstklassig, Herr; dabei guckte er unter des alten Mannes Ellbogen durch und war so steinruhig, daß man nicht mit Bestimmtheit hätte sagen können, wer von den beiden eigentlich die Arbeit dort oben tat. Darin also könnte unser armer Freund noch für das Schiff von Nutzen sein, wenn er auch – keinen Fuß mehr rühren könnte, Herr. Immer vorausgesetzt, der Serang bringt nicht heraus, daß etwas nicht in Ordnung ist."

„Das tut er nicht."

„Natürlich nicht. Übersteigt seine Begriffe. Sie sind nicht fähig, irgend etwas über uns herauszubringen, Herr."

„Sie scheinen mir ein scharfer Beobachter", flüsterte Herr van Wyk heiser, als wäre ihm übel.

„Sie werden finden, daß ich kein schlechter Diener bin, Herr."

Herr Sterne hoffte nun zumindest auf ein Händeschütteln, doch plötzlich, nach einem kurzen „Was ist das? Besser, wir lassen uns nicht zusammen sehen!" schwankte Herrn van Wyks weiße Gestalt und schien unmittelbar mit der Schwärze unter dem Blätterdach zu verschmelzen. Sterne war überrascht. Ja. Da war dieses ferne Pochen.

Er stahl sich leise aus dem Schatten heraus. Die erleuchtete Stückpforte warf von weither einen Schein. Der Kopf schwindelte ihm von dem Rausch plötzlichen Erfolgs. Was war es doch für eine andere Sache, wenn man es mit einem Gentleman zu tun hatte! Er schlich an Bord, und es lag etwas Unheimliches in der langen Flucht der leeren Decks, die, von mittschiffs her, von Geschrei und Schlägen widerhallten. Herr Massy tobte vor der geschlossenen Tür; unbekümmert um das Gewitter der Fußtritte hörte man eine betrunkene Stimme weiterreden.

„Maul halten! Löschen Sie Ihr Licht aus und legen Sie sich ins Bett, verdammter Saufbold! Hören Sie mich, Sie Schwein?"

Die Fußtritte hörten auf, und in das Schweigen hinein vernahm man das duselige Orakel von drinnen:

„Oh! Massy – nun, das ist eine andere Sache. Massy ist schlau."

„Wer ist das dort achtern? Sie, Sterne? Der wird sich um Sinn und Verstand saufen." Der Erste Ingenieur tauchte schattenhaft und riesengroß vor dem Maschinenraum auf.

„Morgen wird er schon wieder dienstfähig sein. Ich würde ihn in Ruhe lassen, Herr Massy."

Sterne schlüpfte davon, in seine Kabine, und mußte sich sofort niedersetzen. Der Kopf drehte sich ihm vor Jubel. Er legte sich wie im Traum zu Bett. Ein Gefühl tiefen Friedens, friedlicher Freude überkam ihn. Auf Deck war alles ruhig.

Herr Massy hielt das Ohr gegen die Tür von Jacks Kabine gepreßt und horchte kritisch auf ein tiefes, schnarchendes Atmen. Das war der Schlaf der vollen Trunkenheit. Der Anfall war vorüber; beruhigt über diesen Punkt ging auch er in seine Kabine und entledigte sich mit langsamen Bewegungen seiner alten Zwilchjacke. Es war ein Kleidungsstück mit vielen Taschen, das er zu den unmöglichsten Tageszeiten anzulegen pflegte, da er an plötzlichen Frostschauern litt; hatte er sich dann erwärmt, so pflegte er die Jacke auszuziehen und irgendwo im Schiff aufzuhängen. Man konnte sie an Belegnägeln baumeln sehen, über eine Winde geworfen, oft sogar an den Türgriffen der Kajüten. War er nicht der Eigentümer? Sein liebster Platz aber war ein Haken an einer hölzernen Sonnensegelstütze auf der Brücke, knapp neben dem Kompaß. Er hatte sogar in den ersten Tagen mit Kapitän Whalley, der die Brücke sauber gehalten haben wollte, mehr als einen Streit deswegen gehabt. Damals hatte er sich einschüchtern lassen. In letzter Zeit hatte er allerdings seinem Partner ungestraft Trotz bieten können. Kapitän Whalley schien nun nie mehr etwas zu merken. Die Malaien aber hatten alle solche Angst vor dem groben Mann, daß keiner von ihnen es sich im Traum einfallen lassen würde, das Ding auch nur anzurühren, ganz gleich, von wo oder von was herunter er es hängen fand.

Mit einer Plötzlichkeit, die Herrn Massy aufspringen und die Jacke zu Boden werfen ließ, kam aus der nächsten Kajüte der Krach und das vieltönige Getöse eines schweren Sturzes. Der treue Jack mußte unvermittelt eingeschlafen sein, während er noch brütend dasaß, war wohl samt seinem Stuhl und allem zu Boden gestürzt und hatte dabei alle Flaschen und Gläser in Reichweite zerbrochen. Nach dem furchtbaren Krach war alles für eine Weile ruhig, als hätte sich der Mensch vom Fleck weg erschlagen. Herr Massy hielt den Atem an. Schließlich hörte er von jenseits des Schotts ein leises, schmerzliches Stöhnen. „Ich hoffe zu Gott, daß er zu betrunken ist, um jetzt aufzuwachen“, murmelte Herr Massy.

Der Klang eines leisen, winselnden Lachens trieb ihn fast zur Verzweiflung. Er fluchte halblaut vor sich hin. Nun würde ihn der Narr sicher die ganze Nacht wachhalten. Er verfluchte sein Pech. Er wünschte seine furchtbaren Sorgen mitunter im Schlaf zu vergessen. Er konnte keine Bewegung hören. Ohne anscheinend den geringsten Versuch zum Aufstehen zu machen, begann Jack, dort wo er lag, erst vor sich hin zu kichern, dann zu reden:

„Massy! Ich liebe den schmierigen Schuft. Es würde ihm Spaß machen, seinen alten Jack verhungern zu sehen – aber seht euch doch an, wohin er es gebracht hat! ...“ Ein Schlucken folgte, das anerkennend, geradezu überlegen klang ... „Macht da den Reeder ... Ein Lotterielos muß man haben. Ha, ha! Ich will dir Lotterielose geben, mein Junge. Läßt das alte Schiff sinken und den alten Kameraden draufgehen – ganz recht. Er haut nicht daneben, Massy nicht. Er ist ein Genie – das ist er. So kommt man zu Geld. Das Schiff und der Freund müssen zum Teufel.“

„Der verfluchte Narr hat es sich zu Herzen genommen“, murmelte Massy vor sich hin. Und während er schon mit besänftigter Miene auf ein Anzeichen des wiederkommenden Schlafes lauerte, wurde er durch ein lautes, spöttisches Gelächter schwer enttäuscht.

„Möchte sie gern auf dem Grunde der See sehen! Oh, du schlauer, schlauer Teufel! Möchtest sie versenkt haben, wie? Denke wohl, daß dir das passen könnte, mein Junge; weg der verfluchte alte Kasten, und alle Sorgen mit ihm. Das Versicherungsgeld einstreichen – dem alten Kameraden den Rücken drehen – ganz recht – wieder ein Kavalier.“

Eine grimmige Ruhe war über Massys Gesicht gekommen. Seine großen, schwarzen Augen rollten verlegen. Der verfluchte Narr! Und doch war alles wahr. Jawohl. Lotterielose auch, alles wahr. Wie? Fing er nochmals an? Wenn er's doch sein ließe ...

Doch es blieb ihm nicht erspart. Der phantasievolle Trunkenbold jenseits des Schotts zerriß nochmals die todähnliche Ruhe, die sich nach seinen letzten Worten über das dunkle Schiff am stillen Ufer gelegt hatte.

„Wage mir keiner etwas gegen George Massy, Hochwohlgeboren, zu sagen. Wenn ihm das Warten zu dumm ist, wird er mit dem Schiff Schluß machen. Paßt nur auf! Das geht unter wie nichts – mit dem Kameraden und allem. Er wird schon wissen, wie er es anfangen muß ...“

Die Stimme zögerte, müde, verschlafen, als erstürbe sie in einem weiten Raum.

„... Wird schon einen guten Trick finden. Der ist schon dahinter her – keine Angst ...“

Er mußte furchtbar betrunken sein, denn schließlich überfiel ihn der schwere Schlaf mit der Plötzlichkeit eines Zauberschlages, und das letzte Wort dehnte sich zu einem endlos lauten Schnarchen. Dann hörte auch das Schnarchen auf, und alles war still.

Doch es schien, als wären Herrn Massy plötzlich Zweifel darüber gekommen, daß der Schlaf ein Mittel gegen den Kummer eines Menschen ist; vielleicht hatte er auch die Erlösung, die er wünschte, in ruhiger Überlegung gefunden, in dem Gedanken an Reichtum, an einen Glückszufall, lange Muße und sonst noch manches Erfreuliche, das ihm die Phantasie vorgaukelte; denn er wandte sich, hielt mit den Armen den Kojenpfosten umschlungen und sah, mit beiden Füßen auf seiner alten Lieblingsjacke stehend, durch die Stückpforte in die Nacht über dem Fluß hinaus. Ab und zu schlug ihm ein Windhauch ins Gesicht, ein kühler Hauch, der die feuchte Frische einer großen Wassermenge mit sich führte. Ein Glitzern da und dort war alles, was er von dieser sehen konnte; und einmal hätte er glauben können, geschlafen zu haben, denn plötzlich erschien, unerwartet und ohne Verbindung mit einem Traum, vor seinen Augen eine Reihe flammender, ungeheurer Zahlen – drei, null, sieben, eins, zwei – die eine Nummer bildeten, wie man sie auf Lotterielosen findet. Und dann war auf einmal die Stückpforte nicht länger schwarz. Sie war perlgrau, und in ihrem Rahmen erschien ein Ufer, dicht mit Häusern bestanden, ein Blätterdach neben dem andern, Wände aus Grasmatten und Bambus, Giebel aus geschnitztem Teakholz. Lange Reihen von Hütten auf einem Wald von Pfählen faßten das Stahlband des Flusses ein, der gestaut und ruhig vor dem Ablaufen des Stromes dalag. Das war Batu-Beru – und der Tag war angebrochen.

Herr Massy schüttelte sich, zog die Zwilchjacke an und schrieb heftig erschauernd, wie unter einer mächtigen Erschütterung, die Nummer auf. Ein glücklicher, ganz seltener Fingerzeig das. Jawohl. Aber um das Glück zu zwingen, brauchte man Geld – bares Geld.

Dann ging er hinauf und machte sich fertig, in den Maschinenraum hinunterzugehen. Verschiedene Kleinigkeiten waren nachzusehen, und Jack lag stockbetrunken auf dem Boden seiner Kajüte, noch dazu hinter verschlossener Tür. Es würgte ihn in der Kehle bei dem Gedanken an die Arbeit. Ach ja! Aber wenn man nichts arbeiten wollte, dann mußte man zuerst ein schönes Stück Geld haben. Ein Schiff konnte einem nicht helfen. Er verfluchte die *Sofala*. Wahr, alles wahr. Er war es müde, auf einen Zufall zu warten, der ihn schließlich von diesem Schiff befreien sollte, dem Fluch seines Lebens.

XIV

Das tiefe, langgezogene Pfeifen der Dampfsirene hatte in seinem zitternden Schwingen etwas Unerträgliches, daß es Herrn van Wyk leicht überlief. Es war früh am Nachmittag. Die *Sofala* ging von Batu-Beru ab nach Pangu, dem nächsten Anlegeplatz. Sie glitt in den breiten Strom hinaus und kam Herrn van Wyk, der oben in seinem Bungalow stand, rasch außer Sicht.

Herr van Wyk war diesmal nicht hingegangen, um ihr Lebewohl zu sagen. Gewöhnlich kam er an den Landungsplatz hinunter, wechselte ein paar Worte mit der Brücke, während die Taue losgeworfen wurden, und winkte noch im letzten Augenblick Kapitän Whalley mit der Hand zu. Diesmal trat er nicht einmal an die Brüstung seiner Veranda. „Er könnte mich doch nicht sehen, wenn ich es auch täte“, sagte er sich. „Ich möchte wohl wissen, ob er überhaupt noch das Haus erkennen kann.“ Und dieser Gedanke ließ ihn, merkwürdig genug, sich einsamer fühlen, als es all die Jahre durch je geschehen war. Wie viele waren es? Sechs oder sieben? Sieben. Eine lange Zeit.

Er saß auf der Veranda, ein geschlossenes Buch auf dem Knie, und überblickte sozusagen seine eigene Einsamkeit, als hätte die Tatsache von Kapitän Whalleys Blindheit ihm die Augen für die eigene geöffnet. Es gab vielerlei Schmerzen und Sorgen, und es gab keinen Platz, wo sie einen Menschen nicht aufstöbern konnten. Er schämte sich, als hätte er sich durch sechs Jahre wie ein dummer Junge benommen.

Seine Gedanken folgten der *Sofala* auf ihrem Weg. Im Drang des Augenblickes hatte er ganz triebhaft das zunächst Unerläßliche getan. Und was sonst hätte er tun können? Später konnte man sehen. Es schien notwendig, daß er wieder in die Welt hinausging, für kurze Zeit wenigstens. Er hatte Geld – man konnte etwas einrichten; er wollte keinen Zeitverlust, keine Mühe, auch nicht die Aufgabe seiner Einsamkeit scheuen. Die lastete nun auf ihm – und er sah Kapitän Whalley vor sich, wie er mit der Hand über den Augen dagesessen hatte, als wäre er, irre geworden an seinem Glauben, allem Guten wie Bösen entrückt, das Menschenhände bewirken können.

Herr van Wyks Gedanken folgten der *Sofala* flußabwärts durch die vielen Windungen, durch den Gürtel des Küstenwaldes, zwischen den Strebepfeilern der mächtigen Stämme durch, durch das Mangrovendickicht und über die Bank hinüber. Diese kreuzte das Schiff mühelos, bei hellem Tageslicht und, wie es der Zufall wollte, von Herrn Sterne geführt; er hatte die Wache von vier bis sechs gehabt und war dann hinuntergegangen, um sich ungehemmt dem Jubel darüber hingeben zu können, daß er nun wirklich in Diensten eines reichen Mannes wie Herrn van Wyk stand. Er sah nun nichts mehr, was ihm hätte dazwischenkommen können. Das Gefühl, daß er sich endlich ›festgesetzt‹ hatte, erfüllte ihn ganz. Von sechs bis acht hatte der Serang allein das Schiff in der Hand. Die *Sofala* hatte nun offenes Fahrwasser vor sich, bis gegen drei Uhr morgens, wo sie bei den Pangu-Inseln sein mußte. Um acht Uhr kam Herr Sterne wieder in bester Laune hinauf, um die Wache bis Mitternacht zu übernehmen. Um zehn pfiff und summte er immer noch auf der Brücke vor sich hin, und etwa um dieselbe Zeit verließen auch Herrn van Wyks Gedanken die *Sofala*. Herr van Wyk war schließlich eingeschlafen.

Massy zwängte sich, mitten auf der Treppe zum Maschinenraum stehend, ärgerlich in seine Zwilchjacke, während der Zweite knurrig wartete.

„Oho! Sind Sie herausgekommen? Saufbold! Nun, was haben Sie zur Entschuldigung zu sagen?“

Er hatte bis dahin bei den Maschinen Dienst gehabt. Eine brütende Wut trübte ihm den Verstand, eine Wut gegen das Schiff, gegen das Leben, gegen die Menschen mit ihren Betrügereien, auch gegen sich selbst – wegen einer leisen Angst, tief in seinem Innern.

Ein unverständliches Grunzen antwortete ihm.

„Was? Können Sie den Mund nicht aufmachen? Ihr verdammtes Geschwätz bringen Sie laut genug heraus, wenn Sie betrunken sind. Was denken Sie sich denn dabei, derartig über Leute zu schimpfen? Alter, unnützer Tagedieb!"

„Kann's nicht ändern. Erinnere mich an nichts mehr. Sie sollten nicht zuhören."

„Wagen Sie mir das zu sagen! Was soll es denn heißen, daß Sie sich derart besaufen!"

„Fragen Sie mich nicht. Hab's satt, mit den verfluchten Kesseln – Sie hätten es auch. Habe das Leben satt."

„Dann wollte ich, Sie wären tot. Sie haben es so weit gebracht, daß ich Sie satt habe. Denken Sie nicht mehr an das Getöse, das Sie letzte Nacht gemacht haben? Elende alte Saufgurgel."

„Nein; denke nicht dran. Will gar nicht mehr dran denken. Suff ist Suff."

„Ich möchte wissen, was mich abhält, Sie hinauszuschmeißen! Was wollen Sie hier?"

„Sie ablösen. Sind lange genug unten gewesen, George."

„Sparen Sie sich Ihren George. Elende alte Schnapsgurgel! Wenn ich morgen sterbe, dann müssen Sie Hungers verrecken. Denken Sie daran! Sagen Sie Herr Massy."

„Herr Massy", wiederholte der andere unbewegt.

Zerrauft, mit stieren, blutunterlaufenen Augen, einem zerknüllten, schmutzigen Hemd, verschmierten Hosen, die nackten Füße in abgetretenen Pantoffeln, sprang er die Stiege hinunter, sobald Massy Platz gemacht hatte.

Der Erste Ingenieur sah sich um. Das Deck war bis zur Heckreling leer. Alle eingeborenen Fahrgäste waren diesmal in Batu-Beru ausgestiegen, und keine neuen an Bord gekommen. Der Zeiger des Patentlogs im Heck des Schiffes klinkte in regelmäßigen Abständen. Es war tote Flaute, und unter dem bewölkten Himmel, durch die stille Luft, die fast körperlich, mit leisem Salzgeruch, sich um den Schiffsleib zu schließen schien, glitt die *Sofala* gleichmäßig über die graue, spiegelglatte See, als schwebte sie frei im Raum. Doch Herr Massy schlug sich gegen die Stirn, schwankte ein wenig und nahm vom Fuß des Mastes einen Belegnagel auf.

„Ich werde noch verrückt", murmelte er und ging unsicher über Deck. Unten kratzte eine Schaufel Kohlenstaub zusammen, eine Kesseltür klang. Sterne auf der Brücke oben begann eine neue Melodie zu pfeifen. Kapitän Whalley, der wach und ganz angezogen in seiner Koje saß, hörte die Tür seiner Kajüte aufgehen. In kluger Selbstbeherrschung rührte er sich nicht, sondern wartete, um die Stimme erkennen zu können.

Eine kleine Lampe warf ihren Schein auf den weißen Anstrich der Wand, den roten Tisch und das braune Mahagoni der Möbel. Die weiße Kiste unter der Koje war seit drei Jahren uneröffnet stehengeblieben, als hätte Kapitän Whalley gefühlt, daß nach dem Verkauf der *Fair Maid* auf Erden für seine Lieben kein Platz mehr war. Er ließ die Hände auf den Knien ruhen; sein schöner Kopf mit den starken Augenbrauen wandte der Tür das starre Profil zu. Schließlich ließ sich die erwartete Stimme vernehmen:

„Ein letztes Mal also: wie soll ich Sie weiterhin nennen?"

Aha! Massy. Nochmals. Kapitän Whalley zog sich das Herz zusammen vor Überdruß – und zugleich hätte er vor Scham fast losheulen mögen.

„Nun, wird es wohl bei ›Partner‹ bleiben?"

„Sie wissen nicht, was Sie verlangen."

„Ich weiß, was ich will."

Massy kam herein und schloß die Tür hinter sich.

„Und ich will es ein letztes Mal bei Ihnen versuchen." Seine Stimme klang halb überredend, halb drohend. „Denn es hat keinen Sinn, mir weismachen zu wollen, daß Sie arm sind. Sie geben keinen Pfennig für sich selbst aus, das ist allerdings wahr, aber dafür gibt es noch einen andern Namen. Sie dachten wohl, Sie würden mir drei Jahre nach Belieben Geld abpressen und mich dann wegwerfen können, ohne anhören zu müssen, was ich von Ihnen denke! Glauben Sie vielleicht, ich hätte mir Ihre großen Töne gefallen lassen, wenn ich gewußt hätte, daß Sie tatsächlich nur diese lumpigen fünfhundert Pfund besitzen? Das hätten Sie mir sagen müssen."

„Vielleicht", sagte Kapitän Whalley und senkte den Kopf. „Und doch hat das Geld Sie gerettet." ... Massy lachte verächtlich ... „Und ich habe es Ihnen seither oft genug gesagt."

„Und ich glaube Ihnen nicht mehr. Wenn ich daran denke, wie ich Sie habe über mein Schiff herrschen lassen! Denken Sie noch daran, wie Sie mich öfter als einmal wegen meiner Jacke und Ihrer Brücke angefahren haben. Sie war ihm im Wege! Auf seiner Brücke. Und daran möchte ich kein Teil haben – und ich würde nie daran denken, das zu tun. Ehrenwerter Mann! Und jetzt kommt das alles heraus. ›Ich bin arm und ich kann nicht. Ich habe nichts weiter in dieser Welt als diese Fünfhundert.‹"

Er beobachtete Kapitän Whalleys unbewegliche Gestalt, die ein unüberwindliches Hindernis in seinem Wege schien. Trauer legte sich über sein Gesicht.

„Sie sind ein harter Mann."

„Genug", sagte Kapitän Whalley und wandte sich ihm zu. „Sie werden nichts von mir bekommen, weil ich nichts Eigenes mehr besitze, das ich weggeben könnte."

„Das machen Sie einem andern weis!"

Herr Massy sah im Hinausgehen nochmals zurück; dann schloß sich die Tür, und Kapitän Whalley, allein, saß so reglos da wie zuvor. Er hatte nichts Eigenes mehr – sogar seine eigene Vergangenheit voll Ehre, Wahrheit und gerechten Stolzes war dahin. Sein ganzes, makelloses Leben war in den Abgrund gestürzt. Er hatte ihm sein letztes Lebewohl gesagt. Was aber ihr gehörte, das gedachte er zu retten. Nur ein wenig Geld. Er wollte es ihr in den eigenen Händen bringen – diese letzte Gabe eines Mannes, der zu lange gelebt hatte. Und zugleich mit der ungebrochenen Kraft seines wertlosen Lebens flammte in leidenschaftlicher Wallung die Sehnsucht in ihm auf, noch einmal ihr Gesicht zu sehen.

Massy war quer über das Deck geradenwegs in seine Kajüte gegangen, hatte ein Licht angezündet und die Zahl aufgeschrieben, deren Ziffern in ihm in der Wallung einer andern Leidenschaft aufgeflammt waren. Er mußte es auf irgendeine Weise einrichten, daß er keine Ziehung versäumte. Und die Nummer bedeutete etwas. Doch welches Mittel konnte er ersinnen, um sich flott zu erhalten?

„Verdammtes Elend!" murmelte er.

Wenn schon Herr Sterne ihm zu keiner Stunde hätte etwas Neues über seinen Partner sagen können, so hätte er Herrn Sterne sagen können, daß aus der Heimsuchung eines Menschen noch andere Vorteile zu ziehen waren, als daß man ihn einfach hinauswarf und so die Zahlungsfrist um ein Jahr verlängerte. Das Geheimnis dieser Heimsuchung zu wahren und den Mann zum Bleiben zu bewegen, war ein klügerer Plan. War er ohne Mittel, so würde er gern bleiben; und damit erledigte sich die Frage der Rückzahlung seines Anteils. Er wußte nicht genau, wie sehr Kapitän Whalleys Sehvermögen gelitten hatte; wenn es sich aber traf, daß er das Schiff irgendwo auf Strand setzte, so war es nicht des Reeders Schuld, oder? Er war nicht verpflichtet, zu wissen, daß etwas nicht in Ordnung war. Aber wahrscheinlich würde niemand diese Frage aufwerfen, und das Schiff war voll versichert. Er hatte Selbstbeherrschung genug besessen, um die Prämien pünktlich zu zahlen. Aber das war nicht alles. Er konnte nicht glauben, daß Kapitän Whalley wirklich so arm war, um nicht irgendwo noch etwas Geld liegen zu haben. Konnte er, Massy, das in die Hand bekommen, so konnte er damit seine Kessel bezahlen, und alles ging wieder seinen Gang. Und ging das Schiff schließlich unter, so war es sicherlich das beste. Er haßte das Schiff; er haßte die Sorgen, die ihn von den Möglichkeiten des Glücks ablenkten. Er wünschte die *Sofala* auf den Grund des Meeres und die Versicherungssumme in seine Tasche. Und als er verärgert Kapitän Whalleys Kabine verließ, da umfing er mit dem gleichen Haß das Schiff mit den abgenützten Kesseln und den Mann mit den trüben Augen.

Und unser Benehmen ist so sehr durch äußere Anregung bestimmt, daß er ohne das trunkene Gewäsch Jacks augenblicklich mit dem kümmerlichen Mann Schluß gemacht hätte, der weder helfen, noch bleiben, noch auch den Untergang des Schiffes bewirken würde. Der alte Betrüger! Er sehnte sich danach, ihn hinauswerfen zu können. Aber er hielt sich zurück. Dazu blieb noch Zeit genug – wenn es ihm gefiel. Ein furchtbarer, neuer Gedanke war in seinem Kopf aufgetaucht. War er schließlich nicht wirklich dahinter her? Wie der verdammte Jack gelobt hatte! „Einen guten Trick finden, um sie loszuwerden." Nun, Jack hatte nicht so weit gefehlt. Ein wirklich guter Trick war ihm eingefallen. O ja! Aber wie war es mit der Gefahr?

Ein Gefühl des Stolzes – der stolzen Erhabenheit über gewöhnliche Vorurteile – regte sich in seiner Brust, ließ sein Herz schneller schlagen und seinen Mund trocken werden. Nicht jeder würde es wagen; aber er war Massy, und er fühlte sich dem gewachsen.

Auf Deck schlug es sechs Glasen. Elf Uhr! Er trank ein Glas Wasser und setzte sich etwa zehn Minuten hin, um sich zu beruhigen. Dann holte er aus seinem Schiffskoffer eine kleine Blendlaterne und zündete sie an.

Seiner Kajüte fast gegenüber, jenseits des schmalen Durchgangs unter der Brücke, war in dem Eisengerüst des Deckaufbaus, über der Heiz- und Kesselhalle, ein Vorratsraum ausgespart, mit Eisenwänden, eiserner Decke und sogar eisernem Fußboden, wegen der Hitze unterhalb. Dorthin wurde allerlei Abfall geworfen. In einem Winkel lag ein Haufen Alteisen; leere Ölkannen standen in Reihen herum; Säcke mit Putzwolle, dazu ein Haufen Holzkohle, eine Feldschmiede, Bruchstücke eines alten Hühnerstalles, zerfetzte Windenkappen, Überbleibsel von Lampen und ein brauner Filzhut, der von einem (an der brasilianischen Küste am Fieber) längst gestorbenen Mann, einem ehemaligen Steuermann der *Sofala*, abgelegt und seit Jahren hinter einem Stück geborstenen Kupferrohrs eingeklemmt geblieben war. Völlige, undurchdringliche Dunkelheit erfüllte dieses Kapernaum vergessener Dinge. Der dünne Lichtstrahl aus Herrn Massys Blendlaterne fiel schräg darüber hin.

Massys Jacke war nicht zugeknöpft; er ließ die Tür einschnappen (es gab keine andere Öffnung), kauerte sich vor dem Alteisenhaufen nieder und begann seine Taschen mit Eisenstücken vollzufüllen. Er tat es mit großem Bedacht, als wären die rostigen Muttern, die gebrochenen Bolzen, die starken Kettenglieder reines Gold, das er wegtragen dürfte. Er packte sich die Taschen voll, bis sie beinahe barsten, die Brusttasche, die Innentaschen. Er wühlte im Abfall. Manche Stücke warf er zurück. Der Rost staubte in kleinen Wolken um seine geschäftigen Hände. Herr Massy wußte einiges über die wissenschaftliche Grundlage seines feinen Tricks. Wenn man die Magnetnadel eines Schiffskompasses ablenken will, so ist weißes Eisen das beste Mittel; auch haben viele kleine Stücke in den Taschen einer Jacke bessere Wirkung als wenige große. Denn auf die erste Weise erhält man beim gleichen Gewicht des Eisens eine größere Oberfläche, und auf diese kommt es an.

Er ging hastig hinaus – zwei Schritte genügten – und merkte erst in seiner Kajüte, daß seine Hände ganz rot waren – rot vom Rost. Es bestürzte ihn, als hätte er sie mit Blut besudelt gefunden; er sah hastig an sich hinunter. Aha, auch seine Beinkleider. Er hatte sich die rostigen Hände an den Beinkleidern abgewischt.

Er riß sich in der Eile fast den Bund ab, bürstete sich die Jacke aus, wusch sich die Hände. Dann schwand die schuldbewußte Miene, und er setzte sich hin, um zu warten.

Er saß kerzengerade, mit Eisen beladen, in seinem Stuhl. Er fühlte an jeder seiner Hüften eine hartkantige Last, fühlte, wie der Eisenabfall in seinen Taschen bei jedem Atemzug gegen seine Rippen drückte, fühlte den schweren Zug aller der Pfunde, die von seinen Schultern hingen. Er sah recht stumpfsinnig aus, als er müßig dort saß, und sein gelbes Gesicht mit den starren, schwarzen Augen zeigte einen teilnahmslosen Ausdruck.

Als er über seinem Kopf acht Glasen schlagen hörte, stand er auf und machte sich zum Hinaufgehen fertig. Seine Bewegungen schienen unsicher, seine Unterlippe hing leicht herunter, seine Augen wanderten durch die Kajüte, und die furchtbare Willensanstrengung hatte ihnen jeden Schimmer von Intelligenz geraubt.

Mit dem letzten Glockenschlag erschien der Serang lautlos auf der Brücke, um den Ersten Offizier abzulösen. Sterne floß über von guter Laune, da ihm nichts mehr zu wünschen übrigblieb. "Hast du die Augen schon richtig offen, Serang? Es ist stockfinster; ich will warten, bis du dich an die Finsternis gewöhnt hast."

Der alte Malaie murmelte etwas, sah aus müden Augen auf, trat dann seitwärts in den kleinen Lichtkreis des Kompaßhäuschens, kreuzte die Hände hinter dem Rücken und richtete den Blick auf die Windrose.

„Du wirst scharf nach Land Ausschau halten müssen, so etwa um halb vier Uhr. Das Wetter ist ziemlich klar. Du hast ja wohl zum Kapitän hineingesehen, als du heraufkamst, wie? Er kennt die Zeit? Nun, ich gehe ab."

Am Fuße der Leiter trat er beiseite, um dem Kapitän Platz zu machen. Er sah ihm nach, wie er mit sicheren, gleichmäßigen Schritten hinaufging, und blieb einen Augenblick nachdenklich stehen. „Komisch", sagte er sich, „aber man weiß nie, ob einen der Mann gesehen hat oder nicht. Diesmal müßte er mich atmen gehört haben."

Er war schon ein wunderbarer Mann, nun, da alles ausgesprochen und vorbei war. Es hieß ja, er habe zu seiner Zeit einen Namen gehabt. Herr Sterne konnte es wohl glauben; und er schloß gemütsruhig, daß Kapitän Whalley wohl noch imstande sein müßte, die Leute mehr oder weniger zu erkennen – wie eben erst ihn selbst zum Beispiel – daß er aber niemals sicher war, um wen es sich handelte und daher dieses Nichtbemerken vortäuschen mußte, um sich nicht zu verraten. Herr Sterne war ein guter Beobachter.

Dieser bis in alle Augenblicke währende Zwang brachte Kapitän Whalley sein falsches Spiel demütigend zum Bewußtsein. Er war aus Vaterliebe dazugekommen, aus Unglauben und aus ungemessenem Vertrauen in die göttliche Gerechtigkeit gegen das menschliche Gefühl auf dieser Erde. Er wollte seiner armen Ivy noch die Wohltat eines weiteren Arbeitsmonats zukommen lassen; vielleicht war diese Heimsuchung auch nur eine zeitweilige. Sicherlich würde Gott doch sein Kind nicht seiner Hilfe berauben und ihn selbst nackt in ewige Nacht stürzen. Er hatte sich noch Hoffnungen gemacht; und als die Gewißheit seines Unglückes sinnfälliger war als die Hoffnung, da versuchte er, selbst das Sinnfällige nicht zu glauben.

Vergebens. Während sich die Welt rings um ihn langsam verdüsterte, kam ständig wachsendes Licht in seine Gedanken. In den erleuchteten Augenblicken des Leidens sah er das Leben, die Menschen, alle Dinge, die ganze Erde, mit ihrer Last von Geschöpfen, wie er sie nie zuvor gesehen hatte.

Mitunter erfaßten ihn ein plötzlicher Schwindel und ein überwältigendes Grauen; und dann erschien ihm das Bild seiner Tochter. Auch sie hatte er nie zuvor so deutlich gesehen. War es möglich, daß er für immer außerstande sein sollte, irgend etwas für sie zu tun? Nichts. Und daß er sie nie wieder sehen sollte? Nie wieder.

Warum? Die Strafe war zu groß für ein wenig Vermessenheit, für ein wenig Stolz. Und schließlich kam er so weit, daß er an seiner Täuschung mit dem stolzen Entschluß festhielt, sie bis zu Ende durchzuführen, um ihr Geld unberührt zu retten und sie einmal noch mit eigenen Augen zu sehen. Nachher – was? Der Gedanke an Selbstmord widerstrebte seiner starken, männlichen Natur. Er hatte um den Tod gebetet, bis ihm die Gebete in der Kehle steckengeblieben waren. All die Tage seines Lebens hatte er in kindlicher Einfalt um das tägliche Brot gebetet und darum, nicht in Versuchung geführt zu werden. Meinten denn die Worte gar nichts? Woher kam die Gabe der Sprache? Die heftigen Schläge seines Herzens hallten in seinem Kopf wider, schienen sein Hirn zu zertrümmern.

Er setzte sich schwer in den Deckstuhl, um scheinbar seine Wache zu halten. Die Nacht war dunkel. Alle Nächte waren nun dunkel.

„Serang“, sagte er halblaut.

„Hier, Tuan. Ich bin hier.“

„Sind Wolken am Himmel?“

„Es sind welche da, Tuan.“

„Laß geradeaus steuern. Nach Norden.“

„Wir sind auf Kurs, Tuan.“

Der Serang trat zurück. Kapitän Whalley erkannte Massys Schritte auf der Brücke. Der Ingenieur ging nach Backbord hinüber, kehrte zurück und kam dabei mehrmals hinter dem Deckstuhl vorbei. Kapitän Whalley entdeckte in diesem Hin und Her etwas Ungewöhnliches, wie Vorsicht. Die Nähe dieses Menschen brachte für Kapitän Whalley immer eine Verschärfung seiner seelischen Leiden mit sich. Es war nicht Reue. Schließlich hatte er dem armen Teufel ja nur Gutes getan. Aber das Bewußtsein einer Gefahr spielte hinein – die Notwendigkeit größter Vorsicht.

Massy blieb stehen und sagte: „Sie sagen also immer noch, daß Sie gehen müssen.“

„Das muß ich allerdings.“

„Und Sie könnten nicht wenigstens das Geld noch ein paar Jahre stehen lassen?“

„Unmöglich.“

„Können mir es wohl ohne ihre Obhut nicht anvertrauen, wie?“

Kapitän Whalley schwieg. Massy, hinter der Stuhllehne, seufzte schwer.

„Es würde gerade ausreichen, um mich zu retten“, sagte er mit zittriger Stimme.

„Ich habe Sie einmal gerettet.“

Der Erste Ingenieur zog mit vorsichtigen Bewegungen seine Jacke aus und griff nach dem Messinghaken, der in den Holzpfosten geschraubt war. Dabei stellte er sich gerade vor das Kompaßhäuschen und verbarg so dem Steuermannsmaat am Ruder die Windrose völlig. „Tuan!“ murmelte schließlich der Laskar leise, um den Weißen wissen zu lassen, daß er nicht sehen könne.

Herr Massy hatte seinen Zweck erreicht. Die Jacke hing von dem Nagel herunter, keine zwölf Zentimeter vom Kompaß entfernt. Und sobald Massy beiseite getreten war, merkte der Steuermannsmaat, ein ältlicher, pockennarbiger Sumatra-Malaie, fast so schwarz wie ein Neger, zu seiner Verblüffung, daß in dieser kurzen Zeit, bei dieser ruhigen See, so ganz ohne Wind, das Schiff weit von seinem Kurs abgefallen war. Mit einem leisen Grunzen der Verwunderung drehte er hastig das Steuerrad, um die *Sofala* wieder mit der Nase nach Norden zu bringen, wie der Kurs war. Das Knarren der Steuerketten, das leise Schelten des Serang, der ans Ruder getreten war, erregten Kapitän Whalleys ängstliche Aufmerksamkeit. Er sagte: „Paß besser auf.“ Dann trat auf der Brücke wieder die übliche Ruhe ein. Herr Massy war verschwunden.

Aber das Eisen in den Jackentaschen hatte sein Werk getan; und die *Sofala* ging zwar dem Kompaß nach nordwärts, da dieser aber durch den einfachen Trick gestört worden war, so lief sie nicht länger mehr den richtigen Kurs nach Pangubai.

Das Schäumen des Wassers, das ihr Kiel teilte, der Schlag ihrer Maschinen, all die Laute ihres treuen, arbeitsreichen Lebens, hielten ununterbrochen in der großen Stille an, die sich von allen Seiten um den bedeckten Himmel und die See schloß. Ein schöner Friede, weit wie die Welt, schien sie auf ihrem Wege erwarten und in letzter Liebkosung umfangen zu wollen. Herr Massy fand, es könnte keine bessere Nacht für einen bestellten Schiffbruch geben.

Hoch und trocken auf eine der Klippen östlich von Pangu auflaufen, – das Tageslicht abwarten – Loch im Boden – Boote hinunter – am gleichen Abend in Pangubai. So etwa würde es sein. Sobald sie auf Grund kam, würde er auf die Brücke laufen, die Jacke erwischen (das würde im Dunkeln niemand bemerken) und sie über die Seitenreling ausschütten oder ganz ins Wasser werfen. Eine Kleinigkeit. Wer konnte es ahnen? Die Jacke war an dem Nagel dort hunderte Male gesehen worden. Trotzdem schlugen, als er sich auf der letzten Treppenstufe hinsetzte, seine Knie leicht gegeneinander. Das Warten war das Schlimmste daran. Manchmal begann er schnell zu keuchen, als wäre er gerannt, und dann wieder tief aufzuatmen, im Hochgefühl, sein Geschick gemeistert zu haben. Dann und wann hörte er das Schlurfen der nackten Füße des Serangs dort oben: ruhige, leise Stimmen tauschten Worte und verklangen fast augenblicklich wieder im Schweigen...

„Du meldest es mir sofort, wenn du Land siehst, Serang."

„Jawohl, Tuan. Noch nichts."

„Nein, noch nichts", stimmte Kapitän Whalley zu.

Das Schiff war der beste Freund seines Niedergangs gewesen. Er hatte das ganze Geld, das er mit Hilfe und an Bord der *Sofala* verdient hatte, an seine Tochter geschickt. Seine Gedanken kreisten um den Namen. Wie oft hatten er und sein Weib über der Wiege des Kindes in der großen Heckkabine des *Kondor* gesprochen: sie würde aufwachsen, sich verheiraten, würde die Eltern lieben, die Eltern würden in ihrer Nähe leben und ihr Glück mit ansehen – und so würde es ohne Ende währen. Nun, seine Frau war tot, dem Kind hatte er alles gegeben, was er zu geben hatte; er wünschte, er könnte bei ihr sein, könnte sie sehen, könnte einmal ihr Gesicht sehen, im Klang ihrer Stimme leben, die ihm das schwarze Schicksal des Lebendigbegrabenseins erträglich machen würde. Zu lange hatte er nach Liebe gehungert. Er malte sich ihre Zärtlichkeiten aus.

Der Serang hatte ausgespäht und dann und wann einen Seitenblick nach dem Deckstuhl geworfen. Er wetzte unruhig herum und platzte unvermittelt heraus:

„Tuan, siehst du etwas vom Land?"

Die aufgeregte Stimme brachte Kapitän Whalley mit einem Schlag auf die Beine. Er! Sehen! Und bei der Frage schien der Fluch seiner Blindheit mit hundertfacher Gewalt auf ihn zu fallen.

„Was ist die Uhr?" fragte er.

„Halb vier, Tuan."

„Wir sind nahe. Du mußt sehen. Sieh zu, sage ich. Sieh.“

Herr Massy wurde durch das plötzliche Sprechen aus einem leichten Schlummer auf der untersten Treppenstufe geweckt und fragte sich verwundert, warum er wohl dort war. Oh! Und Schwäche wollte ihn überkommen. Es ist etwas anderes, die Saat eines Unglücks auszustreuen, als die furchtbare Frucht über dem eigenen Kopf hängen zu sehen, bereit, im Durcheinander aufgeregter Stimmen herunterzufallen.

„Keine Gefahr“, flüsterte er heiser vor sich hin.

Das Grauen der Ungewißheit hatte Kapitän Whalley gepackt, das kläglichste Mißtrauen gegen Menschen, Dinge – die Erde selbst. Er hatte den gleichen Kurs sechsunddreißigmal nach dem gleichen Kompaß gesteuert – wenn irgend etwas auf dieser Welt gewiß war, dann war es die unbedingte, einwandfreie Richtigkeit dieses Kurses. Was also war geschehen? Log der Serang? Warum lügen? Warum? Wurde er auch blind?

„Ist Nebel? Sieh aufs Wasser hinunter! Ganz hinunter, sag ich dir!“

„Tuan, es ist kein Nebel. Sieh selbst.“

Kapitän Whalley unterdrückte mit Gewalt das Zittern seiner Glieder. Sollte er die Maschinen sofort stoppen und sich besiegt geben? Ein Anfall von Unsicherheit wehte ihm allerlei unsinnige Gedanken durch den Kopf. Das Ungewöhnliche war gekommen, und er fühlte sich ihm nicht gewachsen. In diesem Augenblick unsagbarer Angst sah er ihr Gesicht – das Gesicht eines jungen Mädchens – mit unheimlicher Deutlichkeit. Nein, er durfte sich nicht aus der Hand verlieren, nachdem er um ihretwillen so weit gegangen war. „Hast du Kurs gesteuert? Hast du es getan? Sprich die Wahrheit!“

„Jawohl, Tuan. Wir sind auch jetzt auf Kurs. Sieh selbst.“

Kapitän Whalley trat zum Kompaßhäuschen, das für ihn einen so trüben Lichtfleck in einem Meer formloser Schatten bildete. Wenn er sein Gesicht hart ans Glas hinunterdrückte, so war er früher einmal fähig gewesen …

Da er sich so tief zu bücken hatte, so streckte er unwillkürlich den Arm in die Richtung, wo, wie er wußte, ein Geländerpfosten stand, um sich dagegen zu stützen. Seine Hand traf auf etwas, das nicht Holz war, sondern Stoff. Da nun der leichte Zug zu dem eigenen Gewicht hinzukam, so riß der Aufhänger, Herrn Massys Jacke fiel zu Boden und schlug schwer, von lautem Rasseln begleitet, auf Deck auf.

„Was ist das?"

Kapitän Whalley ließ sich auf die Knie fallen und tastete mit beiden Händen, in Gebärden unverhohlener Blindheit, um sich. Sie zitterten, diese Hände, die nach der Wahrheit tasteten. Nun sah er alles. Eisen in der Nähe des Kompasses. Falscher Kurs. Die *Sofala* sollte untergehen! Sein Schiff! O nein! Das nicht.

„Die Maschinen stoppen, schnell", brüllte er mit einer Stimme, die ihm selbst fremd klang.

Er rannte selbst – die Hände vorgestreckt, ein blinder Mann, nach dem Telegraphen, und während noch die Glocke laut durch das ganze Schiff klang, schien die *Sofala* mit aller Gewalt gegen einen Berg anzurennen.

Auf der Nordseite der Meerenge herrschte Ebbe. Das hatte Herr Massy nicht bedacht. Anstatt mit halber Länge aufzufahren, war die *Sofala* gegen die Kante eines Riffes gerannt, das bei Flut unter Wasser gewesen wäre. Das machte den Stoß so fürchterlich. Jeder, der im Schiff auf den Beinen gestanden hatte, wurde kopfüber niedergeworfen: die erschütterte Takelage rüttelte bis zu den Flaggenknöpfen hinauf. Alle Lichter gingen aus; ein paar gebrochene Kettenenden schlugen gegen den Schornstein: es gab ein Krachen, das Pfeifen peitschender Drahtseile, ein Splittern und Knallen, das Topplicht flog über den Bug hinaus, und alle Türen auf Deck begannen wuchtig zu schlagen. Nach dem ersten Stoß sprang das Schiff zurück und traf zum zweitenmal wie ein Rammbock auf den gleichen Fleck. Das vervollständigte das Durcheinander; die letzten Kettenlaschungen des Schornsteins rissen, und dieser selbst ging mit dumpfem Donnern über Bord, schlug dabei das Rad in Trümmer, zermalmte den Rahmen des Sonnensegels und den Kettenkasten und übersäte die Brücke mit einem Gewirr von Splittern, Trümmern und zerbrochenem Holzwerk. Kapitän Whalley raffte sich auf und stand knietief in dem Trümmerwerk, zerfetzt, blutend, erkannte die Art der Gefahr, der er entgangen war, nur aus dem Geräusch und hielt immer noch Herrn Massys Jacke in den Armen.

Zu dieser Zeit hatte Sterne (der aus seiner Koje herausgeschleudert worden war) die Maschinen schon achteraus in Gang gesetzt. Sie taten ein paar Schläge, dann brüllte eine Stimme: „Raus aus dem verdammten Maschinenraum, Jack" – und sie blieben stehen; aber das Schiff war von dem Riff klargekommen und lag still, während eine dichte Dampfwolke aus den Luken zischte und in leichten Schwaden in die Nacht hinauswehte. Trotz der Plötzlichkeit des Unglücks gab es kein Geschrei, als hätte gerade der heftige Stoß die Leute, die schattenhaft über die Decks hin und her liefen, halb betäubt. Man hörte die Stimme des Serangs durch das undeutliche Gemurmel hindurch sagen: „Acht Faden." Er hatte das Lot ausgeworfen.

Dann schrie Herr Sterne mit überschlagender Stimme: "Wo zum Teufel ist sie hingeraten? Wo sind wir?"

Kapitän Whalley gab in ruhigem Baß zurück: „Östlich, zwischen den Klippen."

„Wissen Sie das, Herr? Dann kommt sie nie wieder heraus."

„Sie wird in fünf Minuten gesunken sein. Boote, Sterne. Auch eines davon wird euch alle bei dieser Windstille retten."

Die chinesischen Heizer liefen in wirren Haufen nach den Backbordbooten. Niemand versuchte, sie aufzuhalten. Die Malaien wurden nach einem Augenblick der Panik ruhig, und Herr Sterne zeigte gute Haltung. Kapitän Whalley hatte sich nicht gerührt. Seine Gedanken waren schwärzer als diese Nacht, in der er sein erstes Schiff verloren hatte.

„Er hat mich ein Schiff verlieren lassen."

Eine zweite Gestalt, die plötzlich zwischen den Trümmern der Brücke vor ihm stand, flüsterte irre:

„Sagen Sie nichts davon."

Massy taumelte näher. Kapitän Whalley hörte seine Zähne klappern.

„Ich habe die Jacke."

„Werfen Sie sie weg und kommen Sie", drängte die schnatternde Stimme. „Ins B – b – b – Boot."

„Dafür bekommen Sie fünfzehn Jahre."

Herr Massy hatte die Stimme verloren. Seine Rede war nur noch ein trockenes Rasseln in seiner Kehle.

„Haben Sie Erbarmen!"

„Hatten Sie das, als Sie mich mein Schiff verlieren ließen? Herr Massy, dafür bekommen Sie fünfzehn Jahre!"

„Ich brauchte Geld! Geld! Mein eigenes Geld! Ich will Ihnen etwas davon abgeben. Nehmen Sie die Hälfte. Sie selbst lieben es ja auch."

„Es gibt eine Gerechtigkeit ..."

Massy machte eine furchtbare Anstrengung und brachte wie erwürgt heraus:

„Du blinder Teufel! Du hast mich dazu gebracht!"

Kapitän Whalley drückte die Jacke gegen seine Brust und gab keinen Laut. Das Licht war für immer aus der Welt entflohen – mochte alles zu Ende sein. Dieser Mann aber sollte nicht frei ausgehen.

Sternes Stimme befahl: „Fiert das Boot weg!"

Die Blöcke rasselten.

„Jetzt", schrie er, „hinunter mit euch! Hierher! Sie, Jack, hier! Herr Massy! Kapitän! Schnell, Herr! Machen wir ..."

„Ich werde ins Zuchthaus kommen, wegen des Versicherungsschwindels, aber Sie fliegen mit hinein; Sie, ehrenwerter Mann, der mich betrogen hat. Sie sind arm? Nicht wahr? Sie haben nichts als die fünfhundert Pfund? Nun, jetzt haben Sie gar nichts mehr. Das

Schiff ist verloren, und die Versicherung wird nichts zahlen." Kapitän Whalley regte sich nicht. Tatsächlich! Ivys Geld! In diesem Schiffbruch verloren. Wieder kam ihm blitzartig eine Erkenntnis. Das Lied war wirklich zu Ende.

Von längsseits drängten aufgeregte Stimmen. Massy schien unfähig, sich von der Brücke loszureißen. Er schnatterte und zischte verzweifelt:

„Überlassen Sie es mir! Mir, sage ich."

„Nein", sagte Kapitän Whalley. „Das kann ich nicht. Gehen Sie lieber. Warten Sie nicht, Mann, wenn Ihnen Ihr Leben lieb ist. Sie geht schnell kopfüber unter. Nein, ich behalte die Jacke, aber ich bleibe an Bord."

Massy schien nicht zu verstehen; aber die plötzlich erwachte Liebe zum Leben trieb ihn von der Brücke weg.

Kapitän Whalley legte die Jacke nieder und taumelte durch die Trümmerhaufen zur Seite.

„Ist Herr Massy dort bei euch", rief er in die Nacht hinunter.

Sterne schrie aus dem Boot zurück:

„Jawohl, wir haben ihn. Kommen Sie, Herr! Es ist Irrsinn, noch länger zu warten."

Kapitän Whalley tastete vorsichtig die Reling ab und warf, ohne ein Wort zu sagen, die Fangleine los. Die unten warteten immer noch auf ihn. Sie warteten, bis plötzlich eine Stimme rief:

„Wir treiben! Sind abgestoßen!"

„Kapitän Whalley, springen Sie ... Nehmen Sie einen kleinen Anlauf ... Springen Sie! Sie können schwimmen."

In diesem alten Herzen, in diesem kraftvollen Körper lebte, damit nichts fehle, auch ein Grauen vor dem Tod, das offenbar nicht einmal durch die Angst vor der Blindheit zu besiegen war. Doch schließlich hatte er Ivy zuliebe alles getan, war durch seine Nacht bis hart an den Rand des Verbrechens gegangen. Gott hatte seine Gebete nicht erhört. Das Licht war endgültig aus der Welt entflohen; kein Schimmer mehr; eine dunkle

Wüste; doch es war unmöglich, daß ein Whalley, der einen Makel auf sich genommen hatte, weiterleben sollte. Er mußte den Preis bezahlen.

„Springen Sie, so weit Sie können, Herr. Wir werden Sie auffischen."

Sie hörten seine Antwort nicht. Ihr Geschrei aber schien ihn an etwas zu erinnern. Er tastete sich den Weg zurück und suchte nach Herrn Massys Jacke. Er konnte wirklich schwimmen; Leute, die durch den Wirbel eines sinkenden Schiffes mit hinuntergerissen werden, kommen manchmal wieder an die Oberfläche, aber es war unmöglich, daß ein Whalley, der sich entschlossen hatte, zu sterben, durch Zufall zu einem Kampf verführt werden sollte. Er wollte all die Eisenstücke in seine eigene Tasche packen.

Die in den Booten sahen die *Sofala*, eine schwarze Masse auf einer schwarzen See, unheimlich schräg liegen. Kein Laut drang von ihr herüber. Dann gab es plötzlich ein furchtbares Zischen, als wären die Kessel durch die Schotte geflogen, und einen dumpfen Knall, und wo das Schiff gewesen war, zeigte sich einen Augenblick lang etwas, das aufrecht und schmal aus der See hochstand, wie ein Fels. Dann verschwand auch das.

Als die *Sofala* nicht zur rechten Zeit wieder in Batu-Beru auftauchte, wußte Herr van Wyk sofort, daß er sie nie wieder sehen würde. Er wußte aber nicht, was geschehen war, bis er ein paar Monate später in einem ihm von seinem Sultan geliehenen Eingeborenenfahrzeug in den Heimathafen der *Sofala* kam, wo ihr Dasein und die amtliche Untersuchung über ihren Untergang schon in Vergessenheit gerieten.

Es war kein sehr bemerkenswerter oder ungewöhnlicher Fall gewesen, bis auf die Tatsache, daß der Kapitän mit seinem sinkenden Schiff untergegangen war. Seines war das einzige verlorene Menschenleben; und Herr van Wyk hätte vielleicht überhaupt keine Einzelheiten in Erfahrung bringen können, hätte er nicht eines Tages auf dem Quai, nahe der Brücke über den kleinen Fluß, Sterne getroffen, fast an der gleichen Stelle, wo einst Kapitän Whalley, um seiner Tochter fünfhundert Pfund unberührt zu erhalten, einen Sampan genommen hatte, um an Bord der *Sofala* zu fahren.

Schon von weitem sah Herr van Wyk Sterne zwinkern und nach seinem Hut greifen. Sie traten miteinander in den Schatten eines Gebäudes (es war eine Bank), und Sterne erzählte, wie das Boot mit der Mannschaft etwa sechs Stunden nach dem Unglück in Pangubai eingelaufen sei und wie sie etwa vierzehn Tage lang dort in bitterster Not gelebt hätten, bevor sich ihnen die Möglichkeit geboten hatte, von dem verwünschten Fleck loszukommen. Die Untersuchung hatte jedermann von aller Schuld freigesprochen. Der Verlust des Schiffes wurde einem ungewöhnlichen Abweichen der Strömung zugeschrieben. Tatsächlich konnte es ja nichts anderes gewesen sein; es gab keine andere Erklärung für die Tatsache, daß das Schiff während der Mittelwache um sieben Meilen von seinem Kurs nach Osten abgefallen war.

„Ein wirkliches Unglück für mich, Herr."

Sterne fuhr sich mit der Zunge über die Lippen und sah beiseite. „Ich bin um den Vorzug gekommen, von Ihnen angestellt zu werden. Das werde ich nie genug bedauern können. Aber so ist es: eines Mannes Gift, eines anderen Mannes Fleisch. Für Herrn Massy hätte es sich nicht besser treffen können, wenn er den Schiffbruch selbst herbeigeführt hätte. Der gelegenste Totalverlust, von dem ich je gehört habe."

„Was ist aus diesem Massy geworden?" fragte Herr van Wyk.

„Aus dem, Herr? Ha, ha! Er hat mir immerfort versichert, daß er ein anderes Schiff kaufen würde; aber sobald er das Geld in der Tasche hatte, rückte er eines Morgens früh nach Manila aus. Ich jagte ihm bis auf Deck nach, und da sagte er mir, er sei totsicher, in Manila sein Glück zu machen. Und doch hatte er mir so gut wie versprochen, mir das Kommando zu geben, wenn ich nicht zuviel reden würde."

„Sie haben nie etwas gesagt ...", hob Van Wyk wieder an.

„Ich nicht, Herr. Warum sollte ich das? Ich will vorwärtskommen, aber die Toten sind mir nicht im Wege", sagte Sterne. Seine Lider zwinkerten heftig und senkten sich dann einen Augenblick lang. „Abgesehen davon, Herr, wäre es eine dumme Sache gewesen. Sie haben mich dazu gebracht, gerade einen Augenblick zu lange zu schweigen." „Wissen Sie, wie es kam, daß Kapitän Whalley an Bord blieb? Hat er sich tatsächlich geweigert, mitzukommen? Reden Sie doch! Oder war es vielleicht ein Unfall ...?"

„Nichts", fiel Sterne heftig ein. „Ich sage Ihnen, ich brüllte ihm zu, über Bord zu springen. Er muß einfach die Fangleine des Bootes selbst losgeworfen haben. Wir alle brüllten nach ihm, das heißt Jack und ich. Er antwortete uns nicht einmal. Das Schiff war bis zuletzt still wie ein Grab. Dann gingen die Kessel in die Luft, und das Schiff sank. Unfall? Das nicht! Das Spiel war aus, Herr, sage ich Ihnen."

Das war alles, was Sterne zu erzählen wußte.

Herr van Wyk war natürlich für vierzehn Tage Gast des Clubs und traf dort auch den Rechtsanwalt, in dessen Kontor das Übereinkommen zwischen Massy und Kapitän Whalley unterzeichnet worden war.

„Außergewöhnlicher alter Mann", sagte der. „Er kam von irgendwo, wie man so sagt, in mein Bureau, um seine fünfhundert Pfund anzulegen, und der Ingenieur lief ihm ängstlich nach. Und nun ist er ein wenig unerklärlich verschwunden, gerade wie er gekommen ist. Ich habe ihn nie ganz verstehen können. An dem Massy war doch nichts weiter Geheimnisvolles, wie? Ich möchte nur wissen, ob Whalley sich geweigert hat, das Schiff zu verlassen. Es wäre verrückt gewesen. Er war ja schuldlos, wie das Seegericht fand."

Herr van Wyk meinte, er habe ihn gut gekannt und könne an Selbstmord nicht glauben. Eine solche Handlungsweise wäre nicht mit alledem in Übereinstimmung zu bringen, was er von dem Mann wußte.

„Das ist auch meine Meinung", stimmte der Rechtsanwalt bei. Die allgemeine Ansicht ging dahin, daß der Kapitän zu lange an Bord geblieben sei, um etwas Wichtiges zu retten. Vielleicht die Karte, die seine Unschuld beweisen mußte, oder sonst einen Wertgegenstand aus seiner Kajüte. Die Fangleine des Bootes war von selbst losgekommen, nahm man an. Doch blieb es merkwürdig, daß der arme Kapitän kurz vor der Reise im Kontor vorgesprochen und einen versiegelten Briefumschlag hinterlegt hatte, der an die Tochter adressiert war und ihr im Fall seines Todes zugeschickt werden sollte. Es war ja auch wieder nicht gar zu ungewöhnlich, wenn man sein Alter bedachte. Herr van Wyk schüttelte den Kopf. Kapitän Whalley sah aus, als sollte er gewiß hundert Jahre alt werden.

„Sehr richtig“, bemerkte der Rechtsanwalt. „Der alte Knabe sah aus, als wäre er ganz erwachsen und mit dem langen Bart auf die Welt gekommen. Ich konnte mir ihn, merkwürdig genug, niemals älter oder jünger vorstellen, müssen Sie wissen. Er erweckte so unbedingt den Eindruck körperlicher Rüstigkeit, und vielleicht war dies das Geheimnis der besonderen Wirkung, die seine Persönlichkeit bei jedem hervorrief, der mit ihm in Berührung kam. Es schien, als wäre er durch keines der gewöhnlichen Mittel zu zerstören, die uns anderen allen ein Ende bereiten. Seine ruhige, überlegte Höflichkeit war voll tiefer Bedeutung. Es schien, als wäre er sicher, für alles und jedes Zeit in Fülle zu haben. Ja, es war etwas Unzerstörbares an ihm; und nach der Art, in der er mitunter sprach, hätte man glauben mögen, er sei selbst davon überzeugt. Als er zuletzt mit dem Brief zu mir kam, den ich für ihn aufbewahren sollte, da schien er gar nicht niedergedrückt. Vielleicht noch etwas überlegter als sonst in Sprache und Gebärde. Nicht im geringsten gedrückt. Ob er wohl eine Vorahnung hatte, möchte ich wissen? Vielleicht! Und doch scheint es ein trauriges Ende für eine so eindrucksvolle Erscheinung.“

„O ja! Es war ein trauriges Ende“, sagte Herr van Wyk mit solcher Wärme, daß der Rechtsanwalt ihn mit Neugierde ansah, und nachdem er sich von ihm getrennt hatte, zu einem Bekannten sagte:

„Sonderbarer Kauz, der holländische Tabakpflanzer aus Batu-Beru. Wissen Sie mehr über ihn?“

„Geld die schwere Menge“, antwortete der Bankdirektor. „Ich höre, er geht mit dem nächsten Postdampfer in die Heimat, um eine Aktiengesellschaft zu bilden, die seine Ländereien übernehmen soll. Noch ein Tabakdistrikt erschlossen. Er ist sehr klug, glaube ich. Diese guten Zeiten werden nicht ewig anhalten.“

Kapitän Whalleys Tochter, auf der südlichen Halbkugel, hatte keine böse Vorahnung, als sie den Briefumschlag öffnete, der in des

Rechtsanwalts Handschrift ihre Adresse trug. Sie hatte ihn nachmittags erhalten; alle Kostgänger waren außer Hause, ihre Jungen in der Schule, ihr Gatte saß im Oberstock in seinem großen Lehnstuhl, mit einem Buch, bis zu dem mageren Kinn in Decken gehüllt. Das Haus war ganz still, und das graue Licht des bewölkten Tages drang durch die Scheiben der drei hohen Fenster.

In einem kahlen Eßzimmer, aus dem das ganze lange Jahr hindurch niemals der schwache Geruch kalter Speisen wich, saß die Frau am Kopfende des langen Tisches; die vielen anderen Stühle waren mit den Rücklehnen gegen die Kante des ständig aufgelegten Tischtuches geschoben. Sie las die ersten Sätze: „Tiefstes Bedauern – schmerzliche Pflicht – Ihr Vater ist nicht mehr – entsprechend seinen Weisungen – unglückliche Fügung – Trost – kein Makel an seinem Andenken ...“

Ihr Gesicht war vergrämt, ihre Schläfe unter dem glattgekämmten, schwarzen Haar leicht eingefallen, ihre Lippen blieben fest geschlossen, während ihre dunklen Augen immer größer wurden, bis sie zuletzt mit einem leisen Aufweinen aufstand und sich sofort darauf wieder bückte, um einen zweiten Umschlag aufzuheben, der von ihren Knien zu Boden geglitten war.

Sie riß ihn auf, nahm die Einlage heraus ...

„Mein geliebtes Kind“, hieß es, „ich schreibe Dir dies, solange ich noch imstande bin, leserlich zu schreiben. Ich versuche alles, um das ganze Geld, das noch übrig ist, für Dich zu retten; ich habe es nur zurückbehalten, um Dir besser helfen zu können. Es gehört Dir. Es soll nicht verloren sein; es soll nicht angerührt werden. Es sind fünfhundert Pfund. Von dem, was ich verdiente, habe ich bisher nichts zurückbehalten. In Zukunft werde ich, wenn ich am Leben bleibe, etwas zurückbehalten müssen – nur ein wenig. – Es soll mich zu Dir bringen. Ich muß zu Dir kommen. Ich muß Dich noch einmal sehen.

Es ist hart, zu denken, daß Du diese Zeilen je zu Gesicht bekommen sollst. Gott scheint mich verlassen zu haben. Ich möchte Dich sehen – und doch scheint mir der Tod eine größere Gnade. Wenn Du je diese Worte liest, so bitte ich Dich, dem gnädigen Gott zu danken, denn dann werde ich tot sein und so wird es gut sein. Meine Liebe, das Lied ist zu Ende."

Der nächste Absatz begann mit den Worten: „Mein Augenlicht schwindet …"

Sie las an jenem Tage nicht weiter. Die Hand, die das Papier unter ihre Augen hielt, sank langsam nieder, und ihre schlanke Gestalt in dem einfachen schwarzen Kleid schritt aufrecht zum Fenster. Ihre Augen waren trocken: kein Aufschrei des Kummers, kein geflüstertes Dankgebet stieg von ihren Lippen zum Himmel empor. Das Leben war zu hart gewesen, trotz aller Mühen seiner Liebe. Es hatte ihre Gefühle zum Schweigen gebracht. Doch zum erstenmal in allen diesen Jahren hatten sie ihre Stachel verloren, der bittere Kummer der Armut und der elende Kampf ums trockene Brot. Sogar das Bild ihres Gatten und der Kinder schien ihr in das graue Zwielicht zu entgleiten; ihres Vaters Antlitz allein sah sie, als wäre er sie besuchen gekommen, immer noch wuchtig und ruhig, wie sie ihn zuletzt gesehen hatte, doch mit erhabenerer Größe in der ganzen Erscheinung. Sie schob seinen zusammengefalteten Brief zwischen zwei Knöpfe ihres einfachen schwarzen Leibchens, lehnte die Stirn gegen eine Fensterscheibe, blieb so bis zur Dunkelheit völlig reglos stehen und schenkte ihm alle Zeit, die sie sich absparen konnte. Fort! War es möglich? Mein Gott, war es möglich! Der Schlag hatte sie getroffen, gemildert durch den weiten Raum der Erde und durch die Jahre der Trennung. Es hatte ganze Tage gegeben, an denen sie nicht an ihn gedacht – keine Zeit dazu gehabt hatte. Doch sie hatte ihn geliebt, sie fühlte, daß sie ihn trotz allem geliebt hatte.